ISABELLA TIVERON

FINE

dal romanzo di Giuseppe CIVATI e Marco TIBERI

COCONINO PRESS -FANDANGO-

C'è troppo nulla qui.

– Derek Walcott

Noi vediamo solo mare.
Siamo fermi, per risparmiare, per prendere tempo, ora che il tempo è finito. Le notizie ci mancano, eppure sulla nave si continua a vivere.
Giocano a carte, danno da mangiare ai bambini.

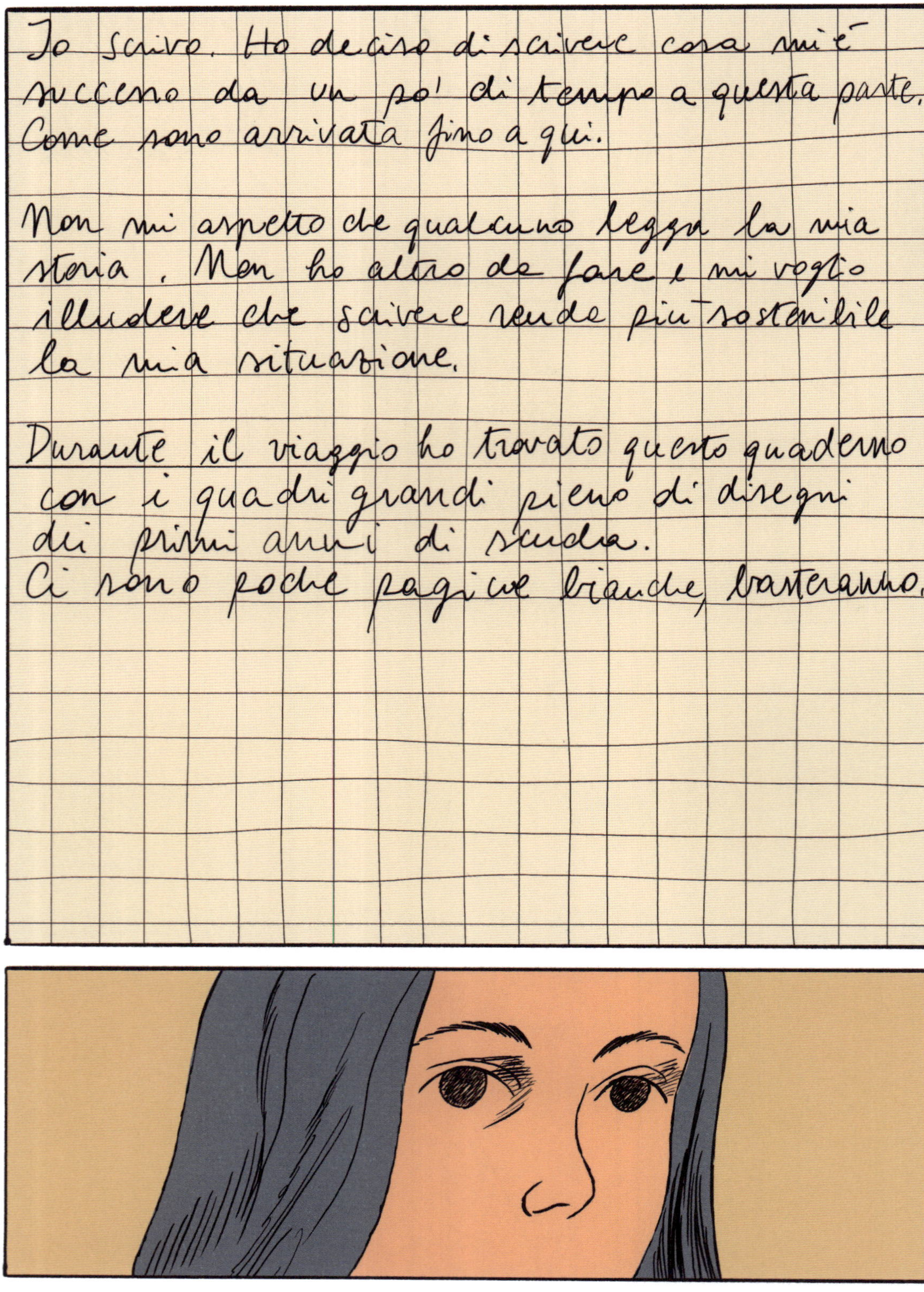
Io scrivo. Ho deciso di scrivere cosa mi è successo da un po' di tempo a questa parte. Come sono arrivata fino a qui.
Non mi aspetto che qualcuno legga la mia storia. Non ho altro da fare e mi voglio illudere che scrivere rende più sostenibile la mia situazione.
Durante il viaggio ho trovato questo quaderno con i quadri grandi pieno di disegni dei primi anni di scuola.
Ci sono poche pagine bianche, basteranno.

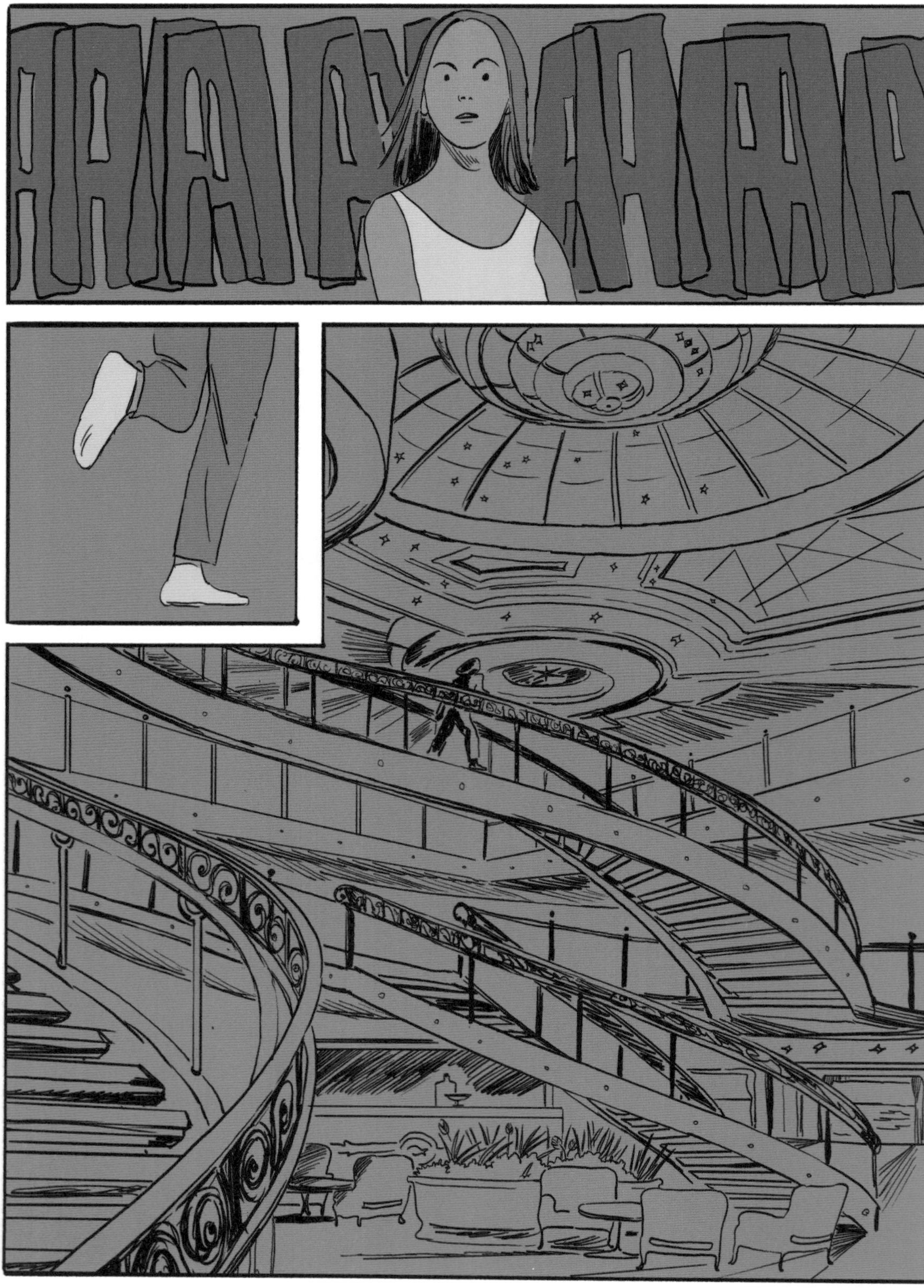
AAAAAAAA

Un altro passeggero che ha deciso di concludere il suo viaggio in anticipo. In un punto indefinito, tra l'Europa e la Groenlandia.

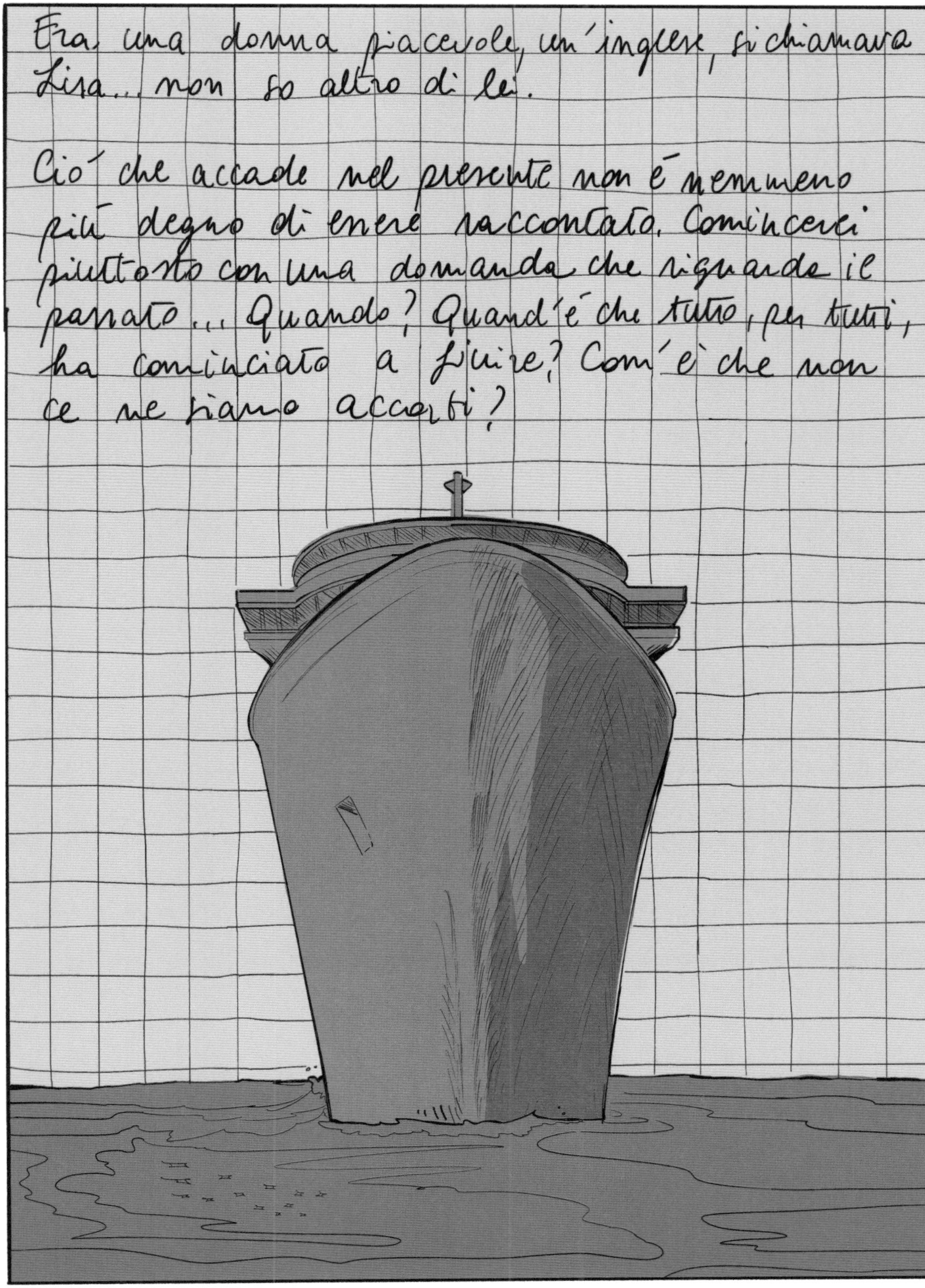
Era una donna piacevole, un'inglese, si chiamava Lisa... non so altro di lei.
Ciò che accade nel presente non è nemmeno più degno di essere raccontato. Comincerei piuttosto con una domanda che riguarda il passato... Quando? Quand'è che tutto, per tutti, ha cominciato a finire? Com'è che non ce ne siamo accorti?

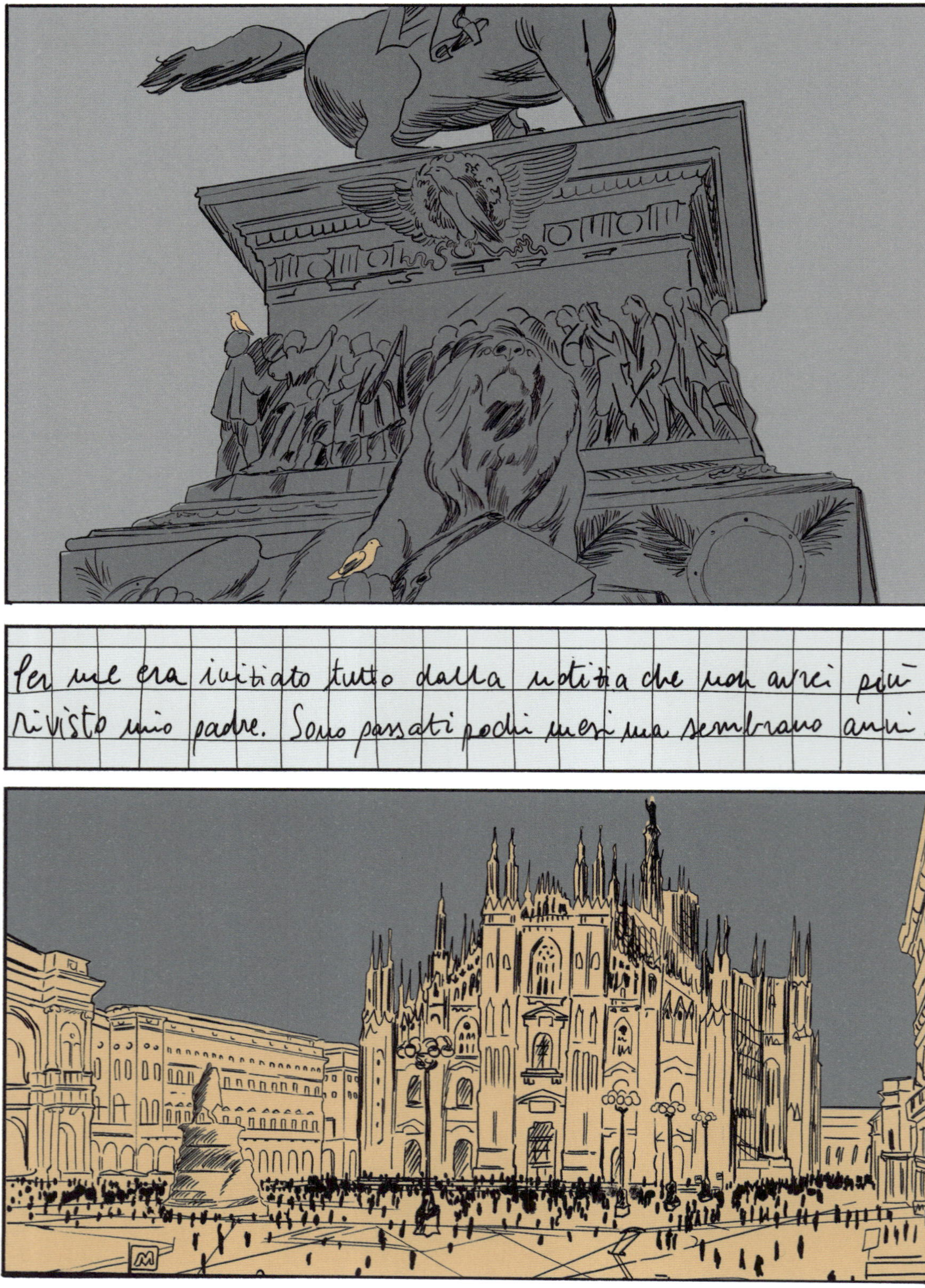
Per me era iniziato tutto dalla notizia che non avrei più rivisto mio padre. Sono passati pochi mesi ma sembrano anni.

SOSTIENI LA LOTTA
PANIC
SOSTIENI LA LOTTA.
VIENI ALLA PROSSIMA ASSEMBLEA.
PANIC
MA IO TI HO GIÀ VISTA. SEI LA FIGLIA DI QUEL BASTARDO!
TI SBAGLI, NON SONO IO.

CI PRENDIAMO UN CAFFÈ?
NE HO TROPPO BISOGNO.

NON SO NEMMENO PIÙ SE HA SENSO PREPARARE QUESTO ESAME.
100% BIODEGRADABILE COMPOSTABILE
DICONO CHE DAL PROSSIMO MESE LE SESSIONI RIPRENDERANNO REGOLARMENTE.
FACCIO FATICA A CREDERLO.
E IN OGNI CASO CHISSÀ SE CI SARÒ ANCORA.
PER ETTORE QUI NON POSSIAMO PIÙ RESTARE.

DICE CHE È QUELLO CHE VOLEVA IL PRESIDENTE.
ANCHE SE ERA IL PRESIDENTE, TUO PADRE NON PUÒ CONDIZIONARE ANCORA LA TUA VITA.
NON PUÒ DECIDERE AL POSTO TUO ORA CHE NON C'È PIÙ.
Prima del dolore, dello strazio, il sentimento che ho provato quando ho scoperto che mio padre era morto è stato un senso di liberazione. Ma è durato un istante, giusto il tempo di vergognarmene.

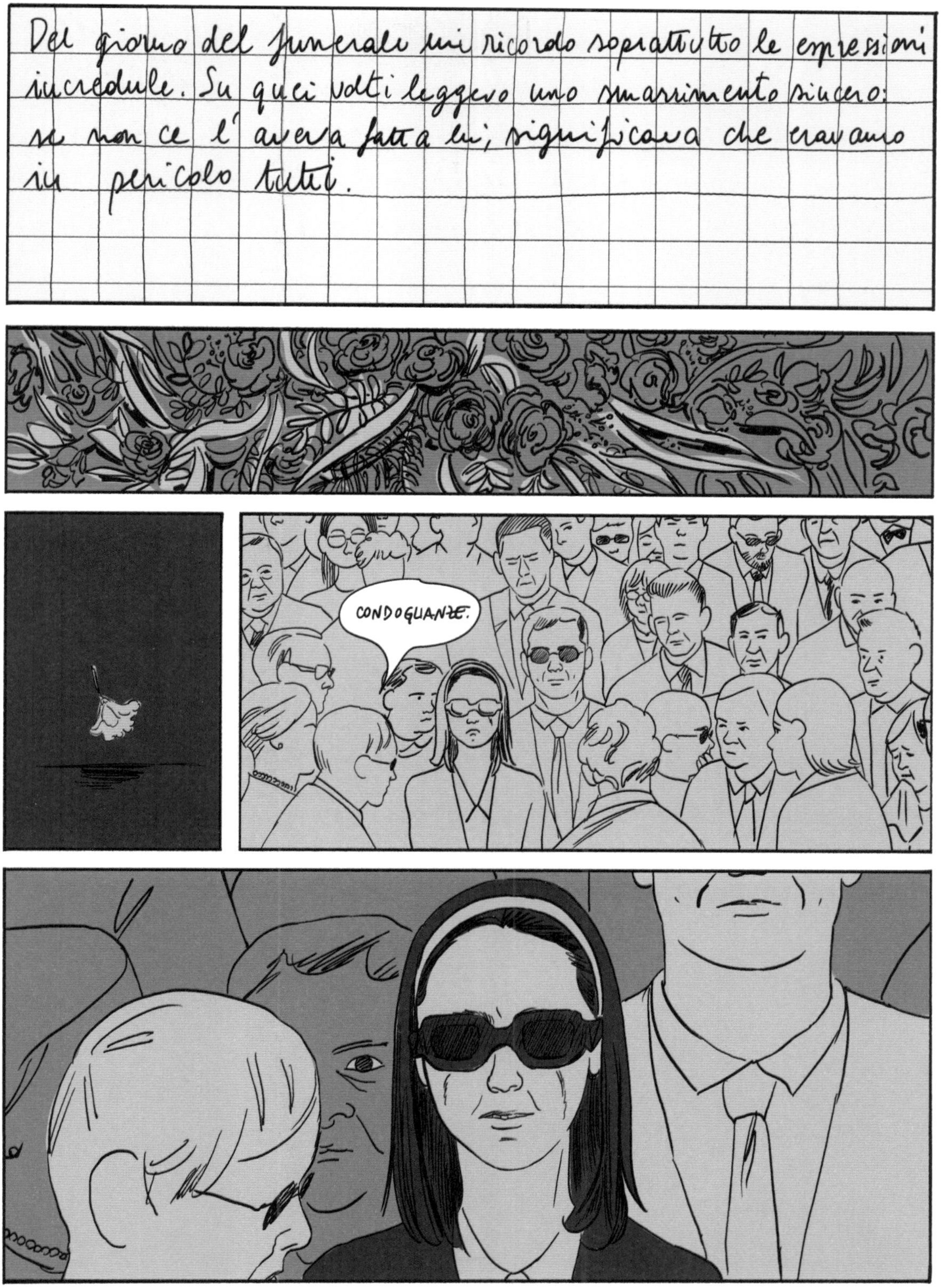
Del giorno del funerale mi ricordo soprattutto le espressioni incredule. Su quei volti leggevo uno smarrimento sincero: se non ce l'aveva fatta lui, significava che eravamo in pericolo tutti.
CONDOGLIANZE.

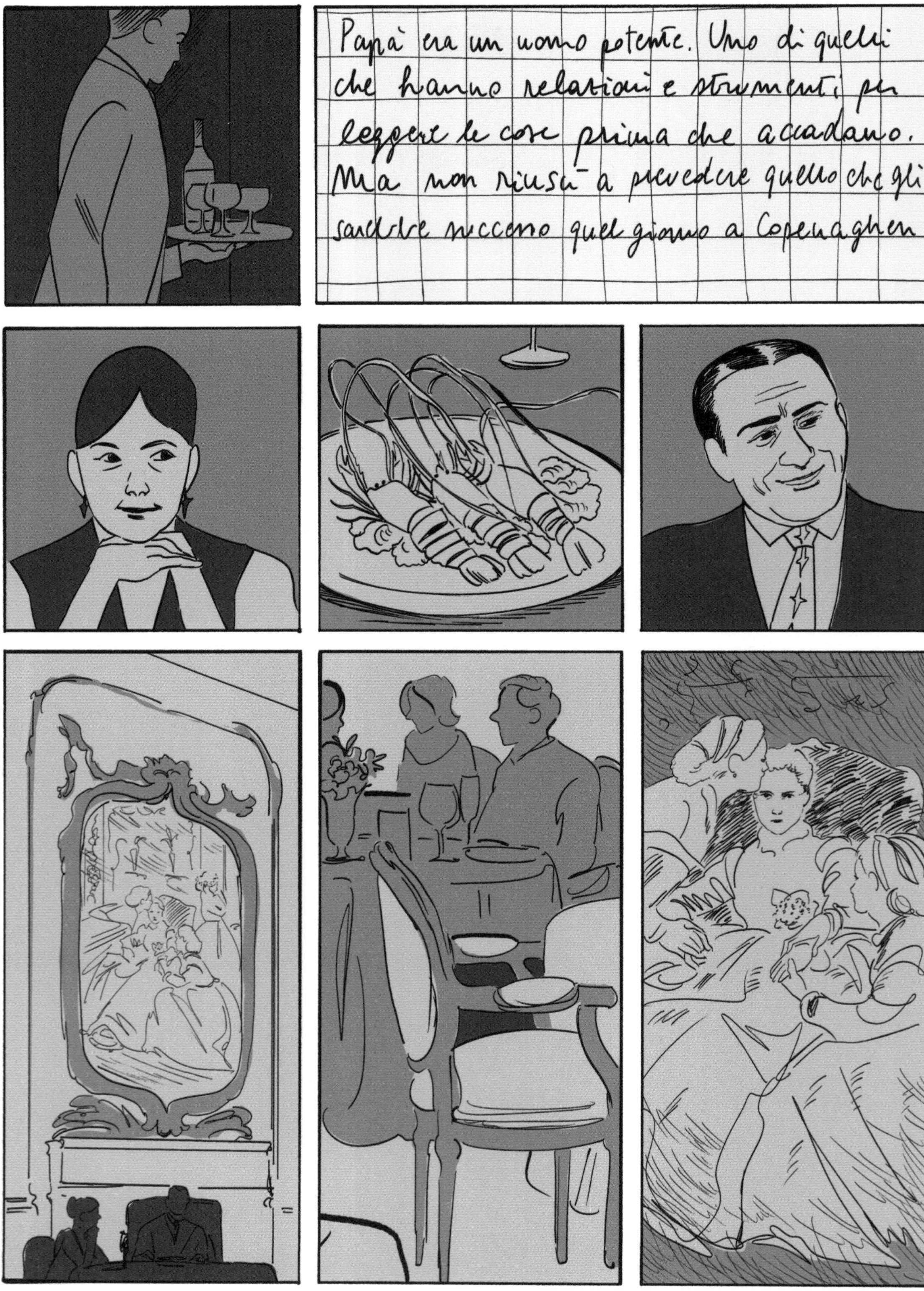
Papà era un uomo potente. Uno di quelli che hanno relazioni e strumenti per leggere le cose prima che accadano. Ma non riuscì a prevedere quello che gli sarebbe successo quel giorno a Copenaghen.

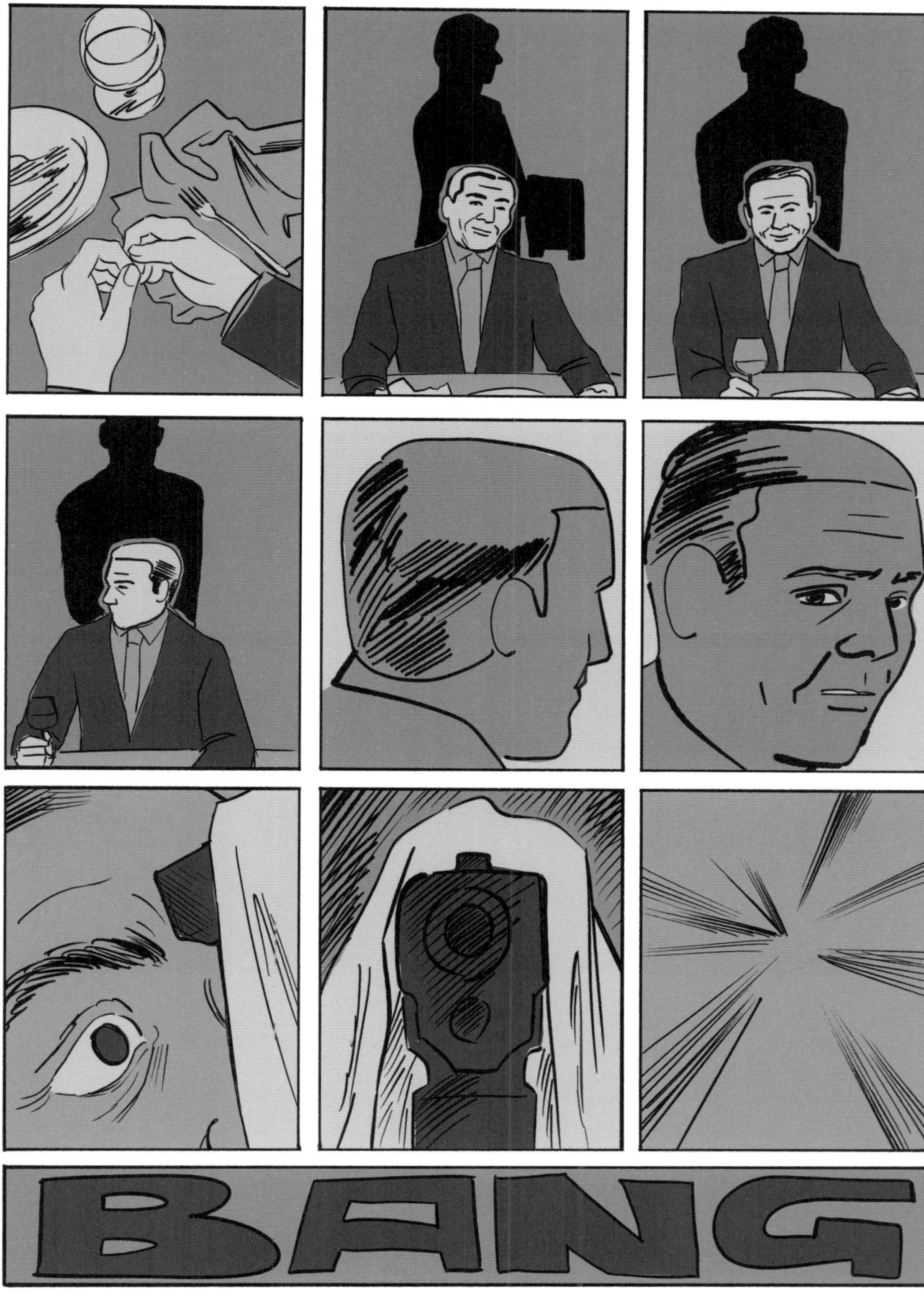
BANG

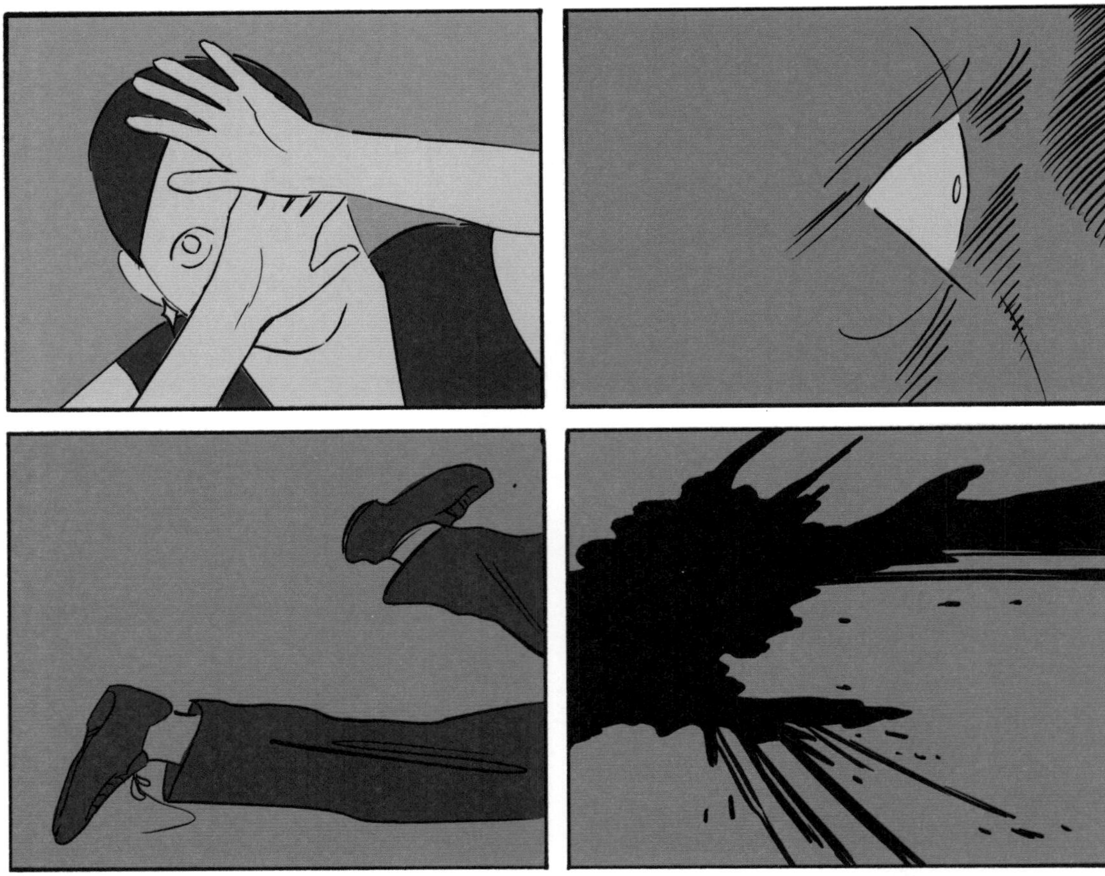

«É colpa sua». Tre parole in tutto bastarono a rivendicare l'attentato. Un epitaffio macabro che non lasciava dubbi su chi fosse il mandante: erano stati quelli di Panic.

Per giorni non si parlò d'altro che dell'attentato. Si diceva che non dovevamo permettere ai terroristi di spaventarci. Che noi, i buoni, avremmo resistito e li avremmo sconfitti. "Coraggio" era la parola più diffusa. Curioso perché il partito di mio padre aveva preso gran parte dei suoi consensi proprio sfruttando la paura delle persone.
Quand'ero piccola, consideravo un fatto normale che papà non c'era. Che fosse sempre da un'altra parte. "Com'è tuo padre?", mi chiedevano. E io: "Lontano". Era il primo aggettivo che mi veniva in mente.
Questa volta la lontananza era diventata impossibile da colmare.

Ricordo che quando erano iniziati gli attentati, qualche anno prima, mio padre mi era sembrato quasi sollevato.
L'UCCISIONE DEL MINISTRO DELLA DIFESA SPAGNOLO SEGNA UN SALTO DI QUALITÀ NELLA STRATEGIA DI "PANIC".
IL MOVIMENTO AMBIENTALISTA HA SCELTO DI TRASFORMARSI IN UN'ORGANIZZAZIONE TERRORISTICA.
LA MIGLIORE CAMPAGNA PUBBLICITARIA POSSIBILE.
QUEI ROMPICOGLIONI PERDERANNO OGNI CONSENSO.

Vivevamo un'emergenza e facevamo finta che fosse normale. Più che una cecità congenita era una vera e propria forma di dissociazione cognitiva.

Era come se fossimo tutti irrimediabilmente attratti dal baratro.

La televisione le chiamava "Breaking news": le catastrofi interrompevano i palinsesti ma non la nostra indifferenza.

BASTA CON QUESTE STUPIDAGGINI.
PAPÀ!?
A TE NON SUCCEDERÀ NIENTE, VERO?

MI MANCA SOLO L'AVOCADO!
DI QUA.
LA DISTRIBUZIONE DEL PRODOTTO È SOSPESA PER MANCANZA DI PRODUZIONE.
PENSAVO CHE A LORO IL CALDO FACESSE BENE.
NON POSSO VIVERE SENZA GUACAMOLE.
MI HA SCRITTO ETTORE. DEVO ANDARE.

La crisi era ormai strutturale. L'energia elettrica razionata, il commercio languiva perché i porti principali erano bloccati dall'ingressione, una di quelle parole di cui si conosce il significato quando è troppo tardi. Mancava il lavoro, la gente cominciava ad essere stanca e nervosa.
PERCHÉ MI HAI DETTO DI TORNARE?
QUESTA NOTTE PARTIAMO.
NO.
ESEGUO SOLO GLI ORDINI, LO SAI.
TU VAI DOVE TI PARE, IO NON MI MUOVO.
HO PROMESSO AL PRESIDENTE CHE TI AVREI PORTATA IN SALVO.
TI FACCIO PRESENTE CHE ORA SEI UN UOMO LIBERO.

TROPPA LIBERTÀ È PERICOLOSA DA GESTIRE.

NON HO MAI DECISO NIENTE DA SOLA, CAPISCI...?
IO SE POTESSI ANDARE VIA DALL'ITALIA NON CI PENSEREI DUE VOLTE.
DA QUESTO MOMENTO IN POI, VOGLIO ESSERE SOLO ME STESSA.
NON CREDO SARESTI IN GRADO DI LASCIARE ETTORE...

...ZZZZZZ...
...Z...
...Z...
DOVE VAI?
DEVO RISPONDERE.
ESCO! NON TI SENTO!

ANDIAMO A SANKT-MORITZ. IL PRESIDENTE VOLEVA COSÌ. NON PRENDERTELA.

ME LA PRENDO PERCHÉ NON MI DAI UN BACIO.
Era un viaggio di sola andata? Non ero pronta a sentirmelo dire.

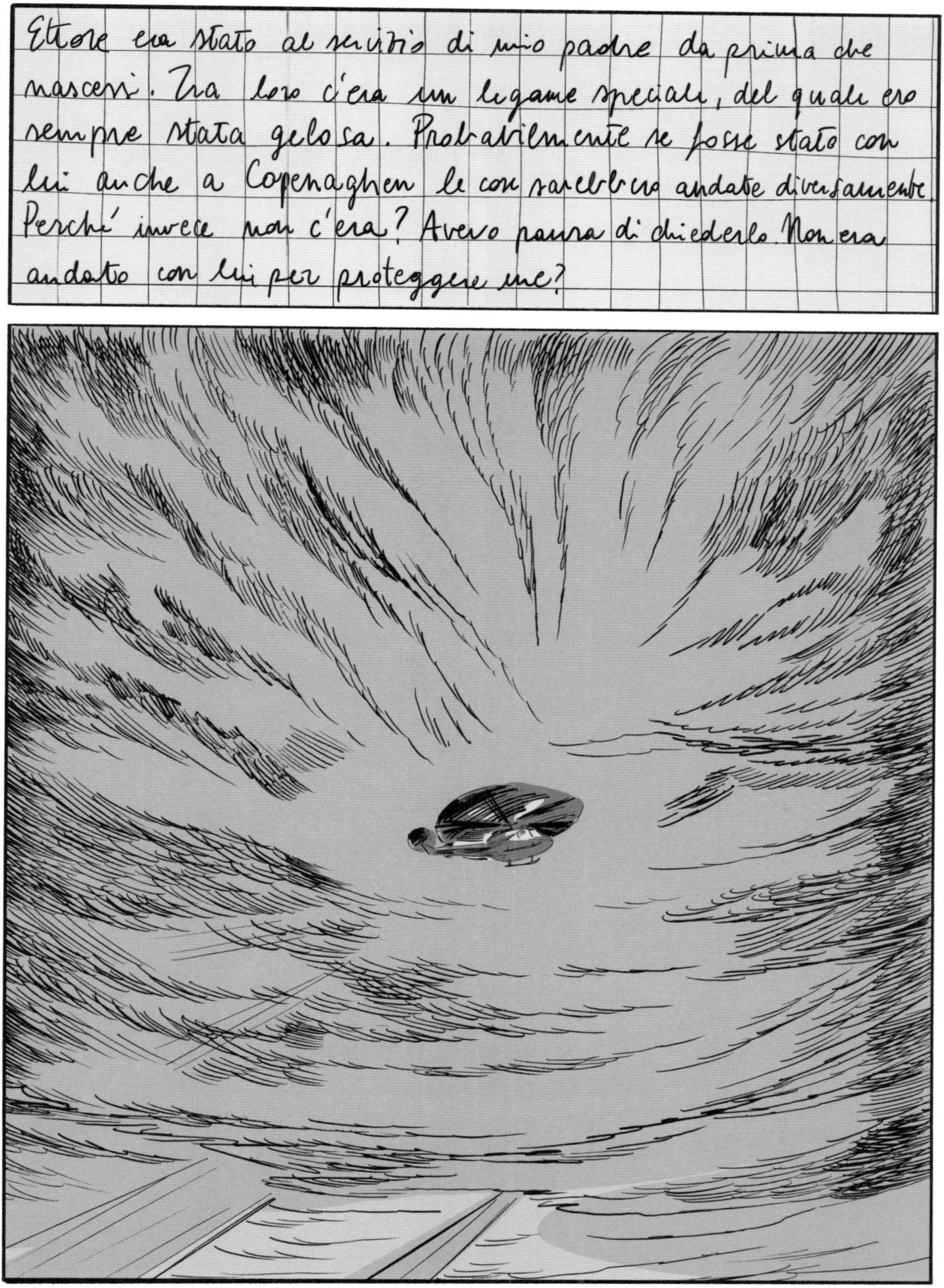
Ettore era stato al servizio di mio padre da prima che nascessi. Tra loro c'era un legame speciale, del quale ero sempre stata gelosa. Probabilmente se fosse stato con lui anche a Copenaghen le cose sarebbero andate diversamente. Perché invece non c'era? Avevo paura di chiederlo. Non era andato con lui per proteggere me?

ORA POSSO SAPERE PERCHÉ SIAMO QUI?
PERCHÉ QUI SIAMO AL SICURO.
MA AL SICURO DA COSA?
LA SITUAZIONE A MILANO NON È TRANQUILLA ED È DESTINATA A PEGGIORARE.
E DI TUTTI I POSTI PROPRIO QUESTO BUCO?
NON C'È UN ALTRO POSTO DOVE ANDARE, SARA.
PER ME BASTA COSÌ.

IO QUI NON CI VOGLIO RIMANERE.
NON CAPISCI LA FORTUNA CHE HAI.
IL MONDO STA IMPAZZENDO E NOI SAREMO GLI UNICI A SALVARSI.
SEI LIBERA DI ANDARE, MA SE ESCI DA QUELLA PORTA NON POTRÒ PIÙ PROTEGGERTI.

POSSO DORMIRE CON TE?

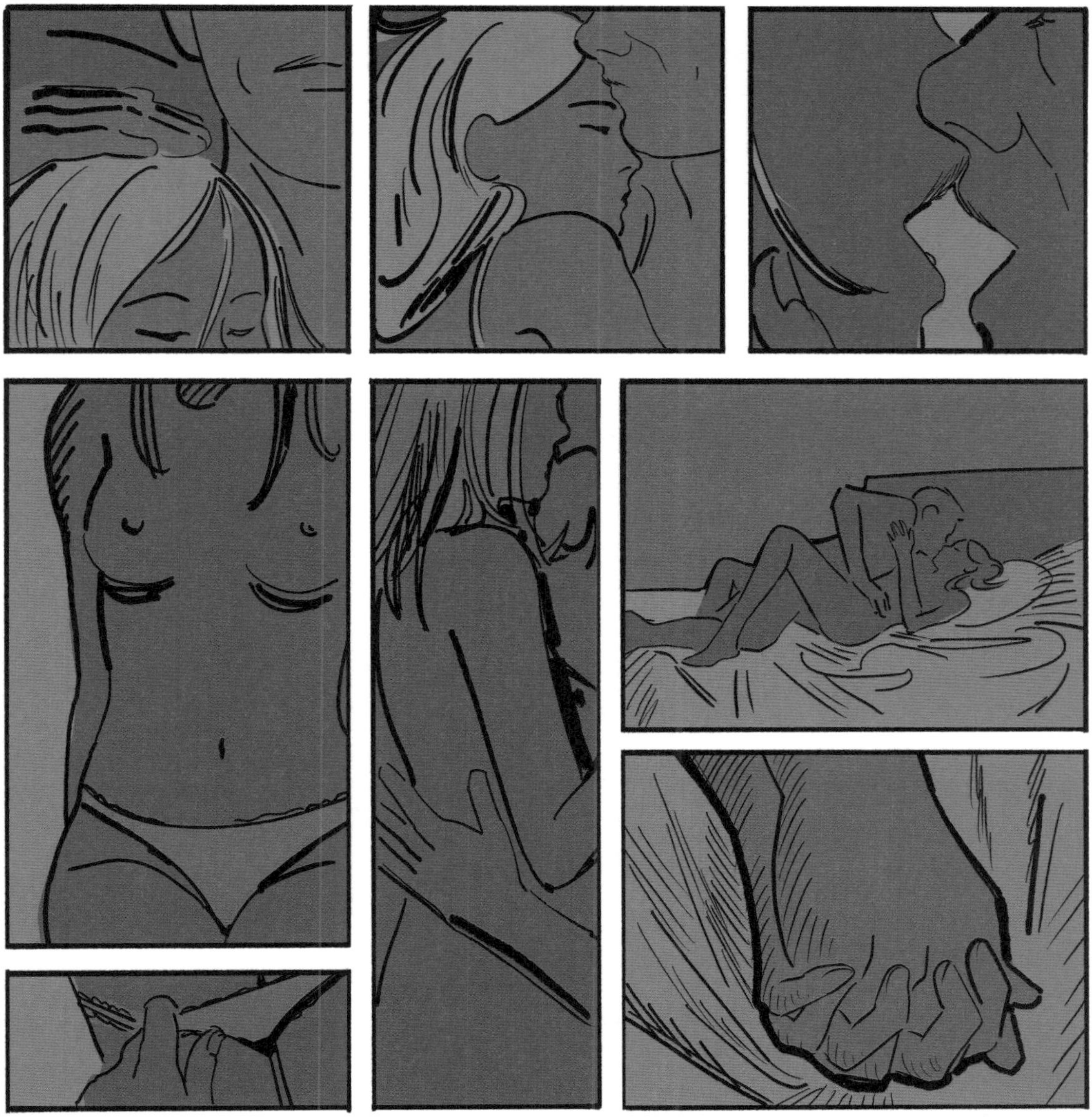

SIGNORI, COSA POSSO PORTARVI?
DUE TÈ, GRAZIE.

IO VOLEVO UNA COLA.
È FINITA, LO SAI.
ACCONTENTATI.
MA PROPRIO IL TÈ CON QUESTO CALDO?
ASPETTA CHE SI RAFFREDDI.
NON C'È LO ZUCCHERO, COSA DEVO MESCOLARE CON QUESTO CUCCHIAINO?

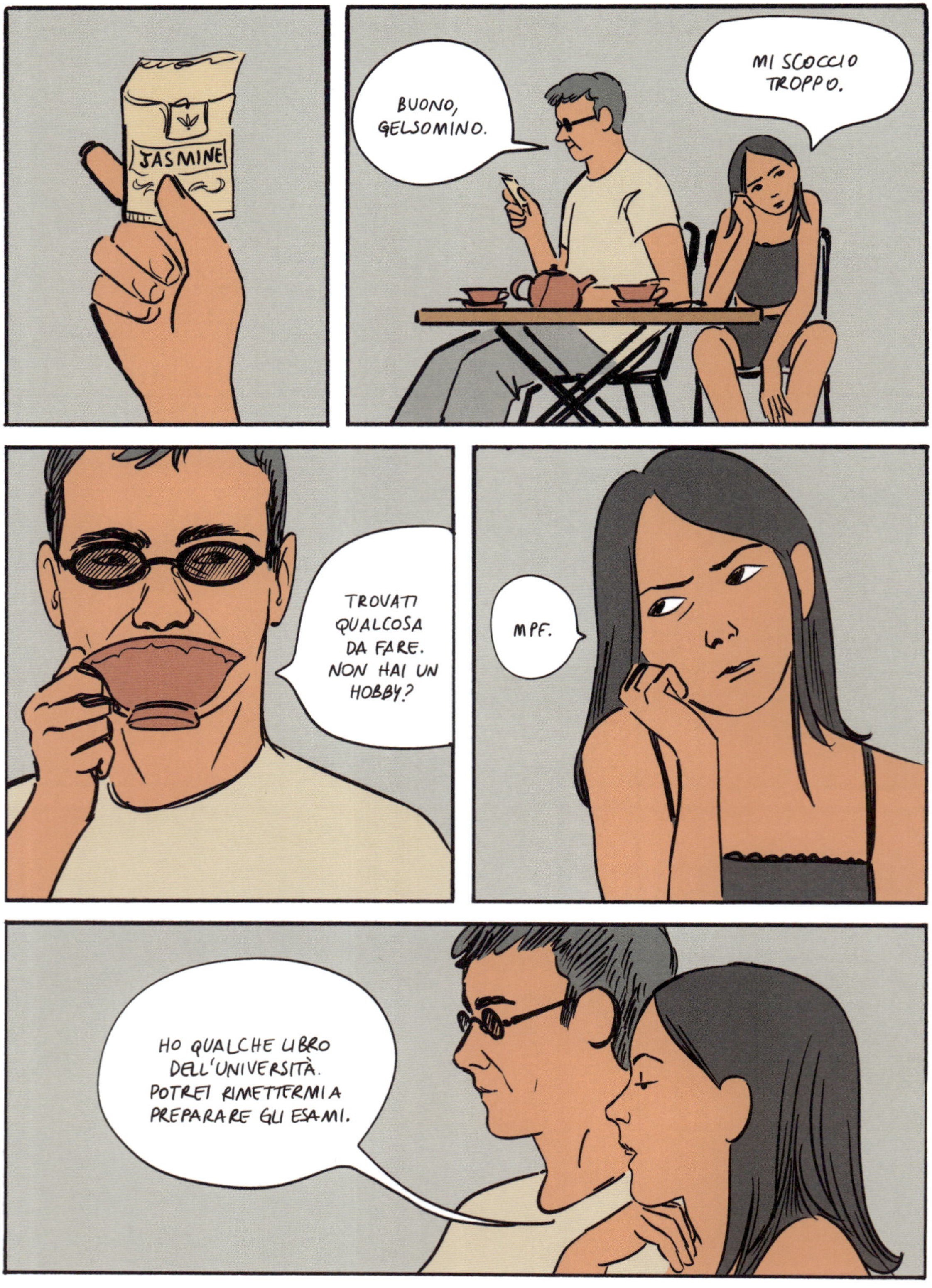
JASMINE
BUONO, GELSOMINO.
MI SCOCCIO TROPPO.
TROVATI QUALCOSA DA FARE. NON HAI UN HOBBY?
MPF.
HO QUALCHE LIBRO DELL'UNIVERSITÀ. POTREI RIMETTERMI A PREPARARE GLI ESAMI.

NON TORNEREMO A MILANO, SARA. E LE UNIVERSITÀ NON RIAPRIRANNO MOLTO PRESTO.
ETTORE...
QUINDI QUESTA È LA FINE?
IL FIGLIO DI BRANCALEONE
MARCO TIBERI
FORSE È L'INIZIO.

Avere Ettore al mio fianco mi tranquillizzava. Gli ero grata, cosa avrei fatto senza di lui? Gliel'ho detto una volta, e lui mi ha risposto che in realtà le cose stavano al contrario: erano quelli come lui a dover ringraziare. Le badanti, le tate, i camerieri, gli autisti, le guardie del corpo, tutta quell'umanità al seguito stava condividendo la fortuna di quelli come me.
Salvando me, si era salvato anche lui.

LA CAMOMILLA!
É UNA CESPICA ANNUA. SEMBRA CAMOMILLA MA NON LO È. È UNA PIANTA INVASIVA.
MI CI FACCIO UN MAZZOLINO?
LA LASCIAMO DOV'È, CHE DICI?

E SE RIMANESSIMO A DORMIRE AL RIFUGIO?
C'È LA FESTA DAI VAN STRATEN STASERA.
CLIC.
DEVO PROPRIO ANDARCI TUTTI I VENERDÌ?
TI INVITANO. È SEMPRE UTILE FARE RELAZIONI.
SE LO DICI TU. MA È UNA NOIA MORTALE.

IN FONDO, SIAMO TUTTI DEI RIFUGIATI.
DEI RIFUGIATI DI LUSSO.

Il mondo intorno a noi stava impazzendo.
E a un certo punto tutti avevano cominciato a scappare. Ognuno era convinto che per farcela fosse necessario scappare da soli.
Come se il futuro fosse un volo dell'ultimo minuto, con poche poltrone disponibili.
Ma anche quelli che fino a poco prima erano i posti dove si stava bene diventavano rapidamente dei nuovi posti da cui fuggire.

IL RE DEL BELGIO È STATO SEQUESTRATO STANOTTE DA UN COMMANDO ARMATO.
IL RAPIMENTO È STATO RIVENDICATO DAI TERRORISTI DI "PANIC".
FALLITO ANCHE L'ULTIMO TENTATIVO DI LIBERARE VENEZIA DALLE ACQUE.
IL NUOVO SISTEMA DI DIGHE SI È RIVELATO DEL TUTTO INEFFICACE.
MERDA!
L'Engadina e la Svizzera tutta
erano un castello e insieme una
specie di rifugio antiatomico.
Erano IN ALTO, sopra tutto il resto.
Erano una metafora della
mia condizione.
Le strade di Sankt-Moritz
erano piene di quella gente che
passa le vacanze a Moritz.
Stesse facce, stessi aperitivi,
stesse feste nei rifugi di
alta quota.

Noi ritenevamo che la nostra posizione fosse ancora più invidiabile. Com'è quella storia che vedi uno naufragare e tu che sei sulla terraferma provi sollievo, perché non sta capitando a te? Ecco. Ci sentivamo esattamente così. Quasi salvi.

Fa ridere pensarci ora che sono su una nave...
Ma il Titanic era quello, sulla cima dei monti.

E poi si è spenta Parigi. La Ville lumière al buio senz'acqua potabile.

Parigi è stato il punto di non ritorno.

TI VA DI VENIRE DA ME DOPO CENA?
NON LO SO...
DEVO CHIEDERE A ETTORE.
NON DEVI SEMPRE DIRGLI TUTTO. NON È MICA TUO PADRE.

SIGNORE E SIGNORI, DEVO DARVI UNA BRUTTA NOTIZIA.
LO CHAMPAGNE È FINITO PER SEMPRE.
BRINDEREMO SENZA BOLLICINE.
SE RESTATE TUTTI FERMI, NESSUNO SI FARÀ MALE.

PRONTI? È ARRIVATO IL MOMENTO.

NON C'È NIENTE DA TEMERE.
BRINDIAMO.

ETTORE É ENTRATO IN AZIONE, ANDIAMO!
AAAH!

MA CHE SUCCEDE?
NO!
FERMATI!
DA QUESTO MOMENTO NON ACCETTIAMO PIÙ I VOSTRI ORDINI.

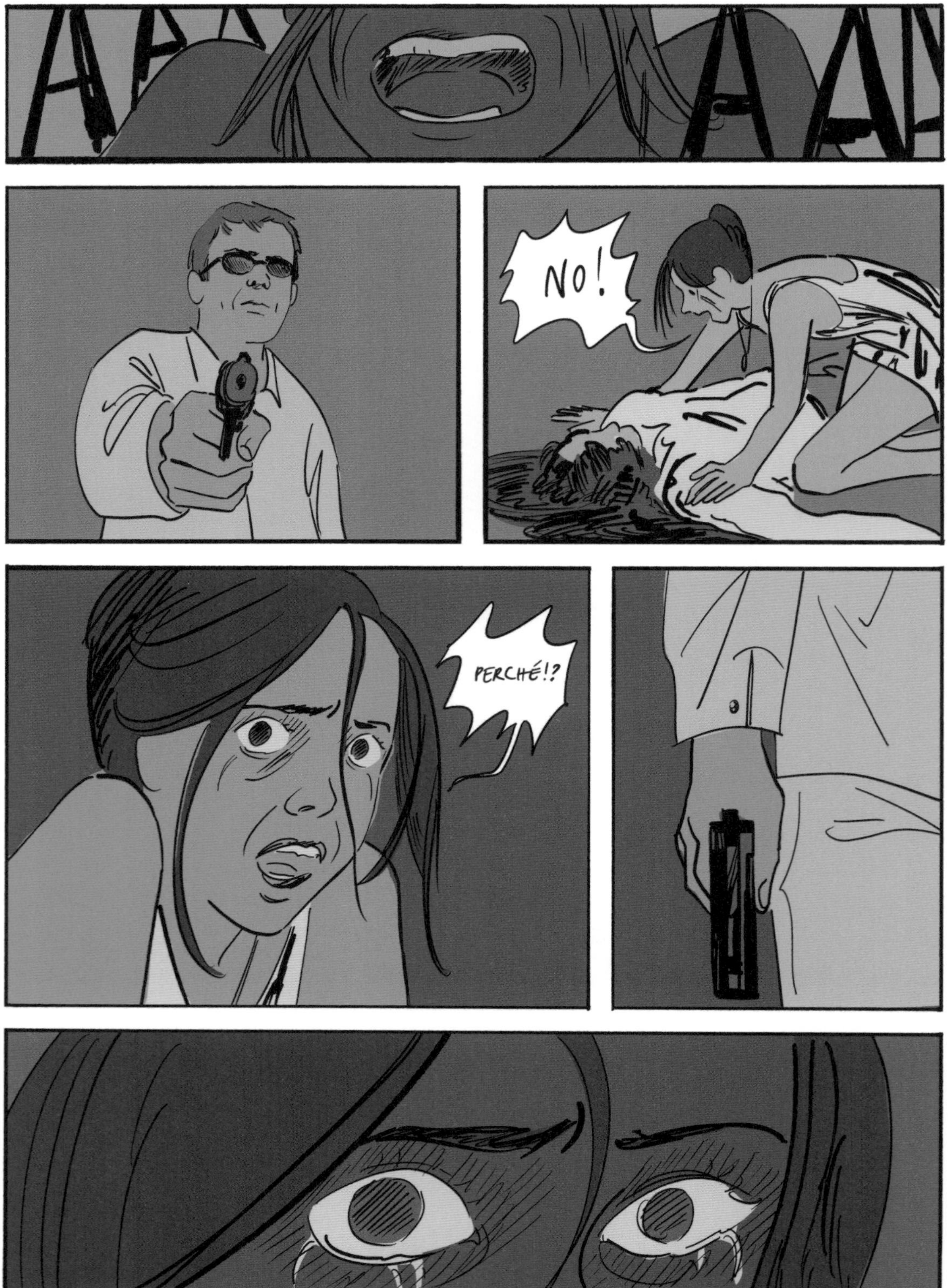
NO!
PERCHÉ!?

AH!
...
AIUTO!
Chiamare la polizia sarebbe stato inutile, era informata e d'accordo con loro. E poco dopo l'abbiamo vista entrare e schierarsi con i ribelli. Le persone che fino a quel momento erano state al nostro servizio, e le loro famiglie che risiedevano a valle, stavano arrivando per prendersi quello che era rimasto.

L'epoca per quelli come noi era definitivamente finita.
Non c'era più spazio per i privilegiati.
I pochi che avevano troppo.

TI PIACE MOLTO, SCRIVERE?
IN REALTÀ LO FACCIO SOLO DA QUANDO SONO QUI.

TU DA QUANTO SUONI LA CHITARRA?
DA SEMPRE.
Pensavo alla mia auto. Ad un certo punto, finita la batteria, sarebbe diventata un oggetto privo di qualsiasi valore.

TU...
TU...
TU...
Ricarica interrotta
192 Km/h
RISPONDI!
TU...
TU...
TU...
SOS
Health Test
in movimento
Rapperswil
Feldkirch
LIECHTENSTEIN
Coira
St. Moritz
Livigno
Ticino
Il telefono mi dava una tacca di speranza. Avevo tremila numeri in rubrica.

DEVI AIUTARMI! NON HO SOLDI, SONO IN SVIZZERA! TU DOVE SEI?! NESSUNO MI RISPONDE!
SCUSA MA DEVO ATTACCARE.
Non so quante telefonate ho fatto... ho provato con quelli che avevano beneficiato dei favori di mio padre.
In tanti ci dovevano qualcosa, ma nessuno di loro evidentemente era in grado di restituire niente.
DAI...

CAZZO!
ENGINE START STOP
APRI!
STRONZA!

INUTILE.
NON C'È...
PIÙ NESSUNO!

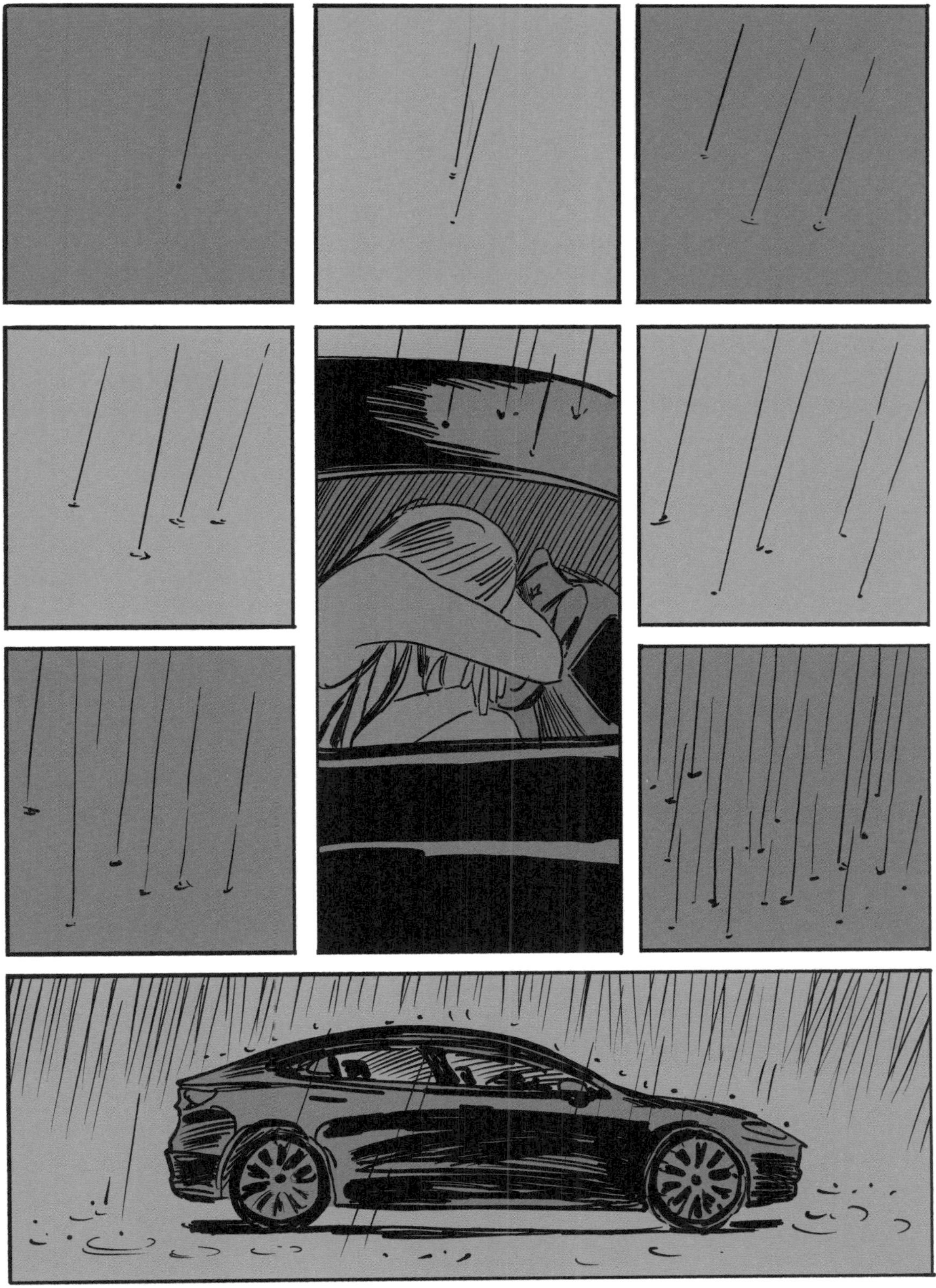

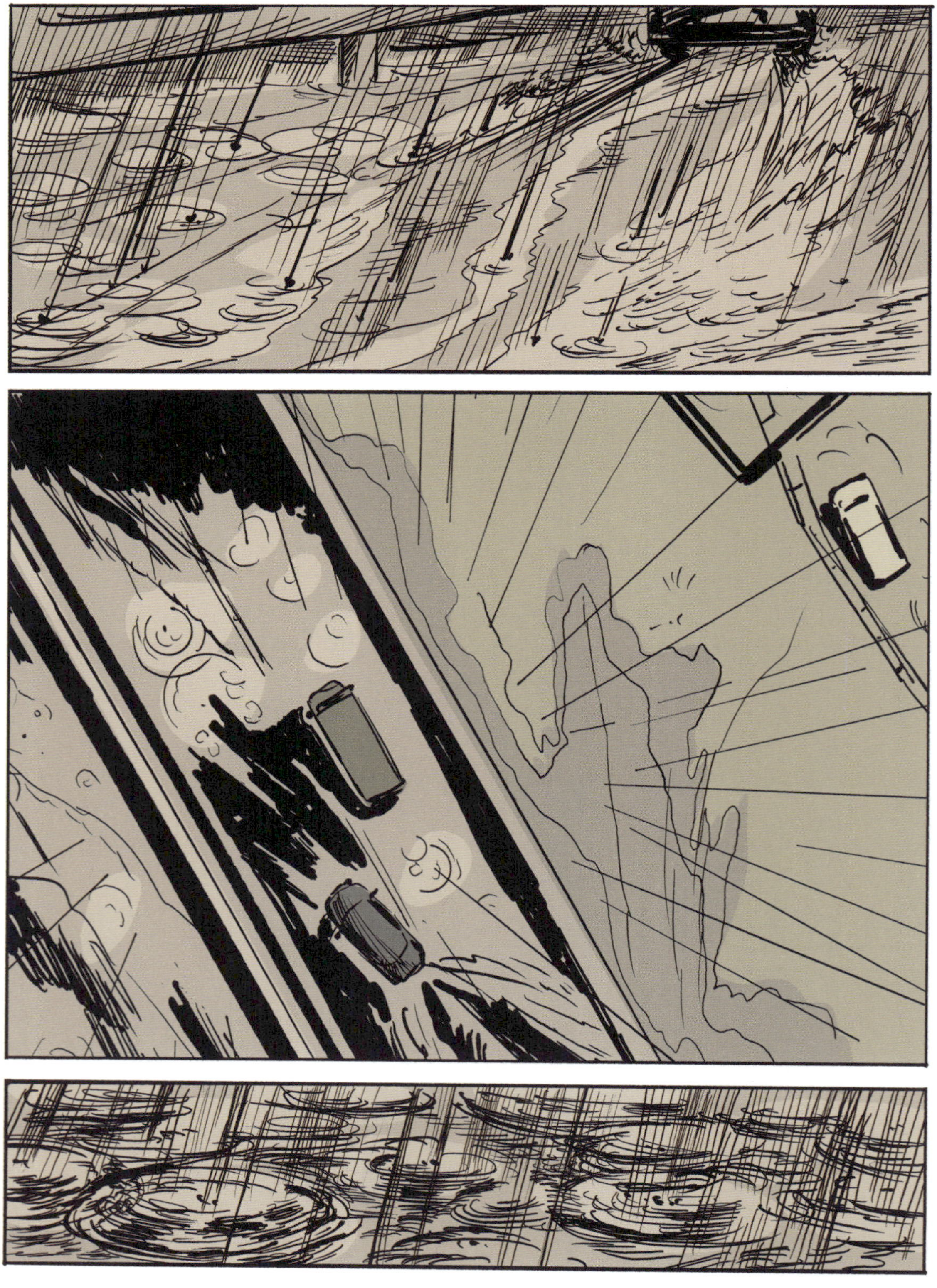

E60 1
Zürich 64 km
Schaffhausen 57 km
Winterthur 37 km
Frauenfeld 26 km
Coca-Cola
Thurau
1500 m
32 km

Thurau
THURAU
RASTSTÄTTE
GOFAST

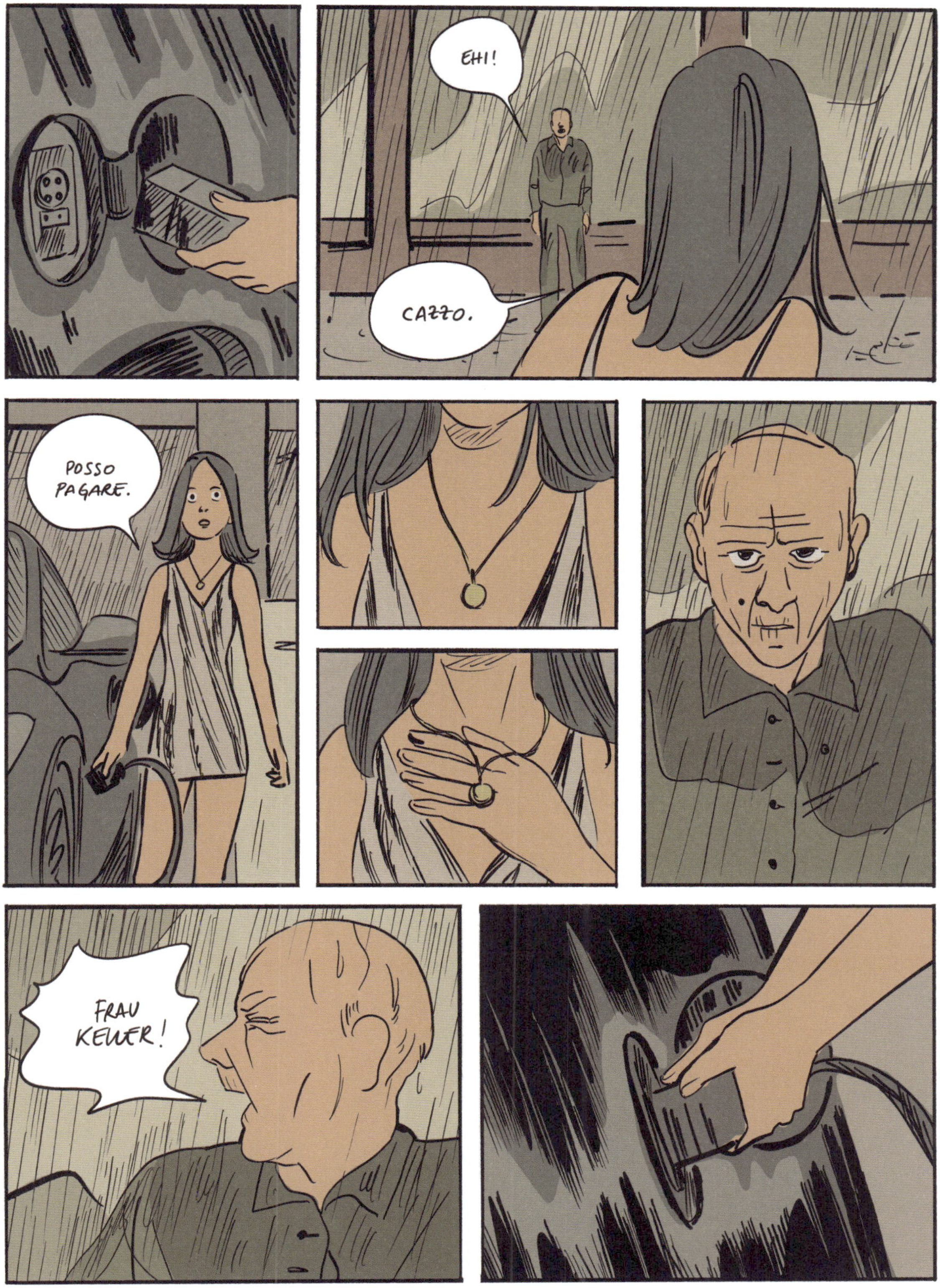
EHI!
CAZZO.
POSSO PAGARE.
FRAU KELLER!

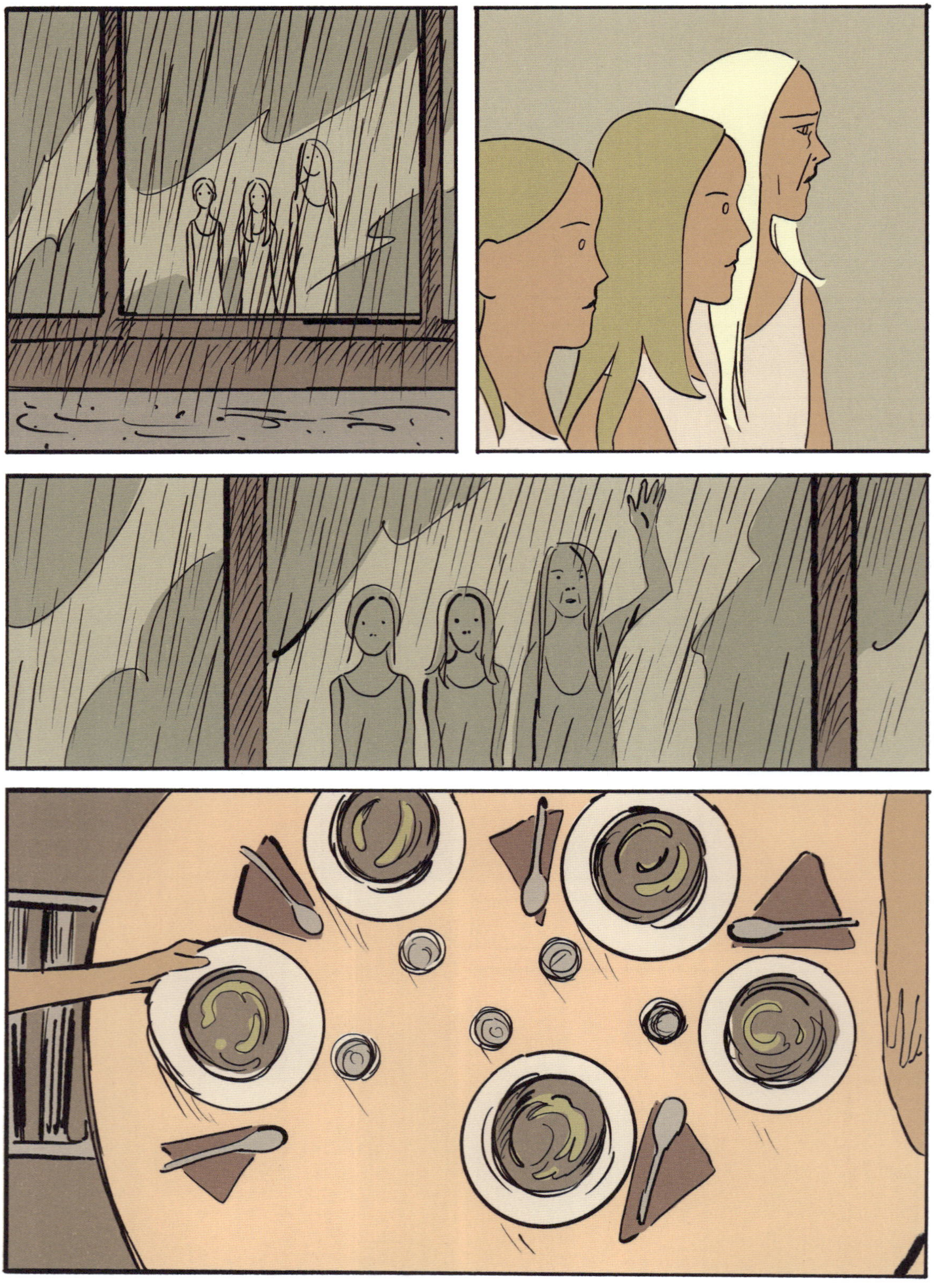

VUOI FARE UNA DOCCIA DOPO CENA, CARA?
MAGARI!
È GELATA!

GUARDA QUESTO PEZZO PER L'ULTIMA VOLTA!
PERCHÉ ME LO MANGIO!
BRAVA CRI. SEI MIGLIORATA, UN GIORNO BATTERAI TUA SORELLA.
IMPOSSIBILE.

THURAU
RASTSTÄTTE
Dove ero finita? Cosa stavo aspettando?
Mi sentivo accudita. Ma non stavo bene.
Se Ettore mi aveva tradito, come potevo fidarmi
di queste persone.
Chi erano? Perché mi stavano aiutando?

AH!
VOLEVO AUGURARTI LA BUONA-NOTTE.
MI SCUSI, MI SONO SPAVENTATA FRAU KELLER.

PETER DOV'È? È DA UN PO' CHE NON SI VEDE.
È ANDATO A FARE DELLE COMMISSIONI, POI TORNA.

NON HO MOLTA FAME IN QUESTO MOMENTO.
SCUSATE.
DOVE VAI?
A FUMARE.

FERMATI, INGRATA!
NON TE LA PRENDERE, MAMMA, ARRIVERÀ QUALCHE ALTRO OSPITE.
Dovevo andarmene prima che mangiassero anche me.
Mi misi a correre in auto guardandomi alle spalle, come se fossi inseguita. E invece non mi seguiva nessuno. Quando me ne accorsi, mi sentii ancora più stupida.

SIGNORI. IL PERSONALE DI BORDO È ANCORA AL LAVORO PER RIPARARE IL GUASTO.
NEL FRATTEMPO CONTINUIAMO A CHIAMARE I SOCCORSI.

NON ARRIVERÀ NESSUNO.
QUANTO TEMPO ANCORA STAREMO FERMI?
NON LO SAPPIAMO.
VI TERREMO AGGIORNATI. BUON POMERIGGIO.

CAPITANO!
ASPETTI!

PENSA CHE RIUSCIREMO A RIPARTIRE?
NON SO PROPRIO DIRGLIELO, SARA.

SIAMO RIMASTI IO E TE.
Non avevamo nessun segnale dalla terraferma.

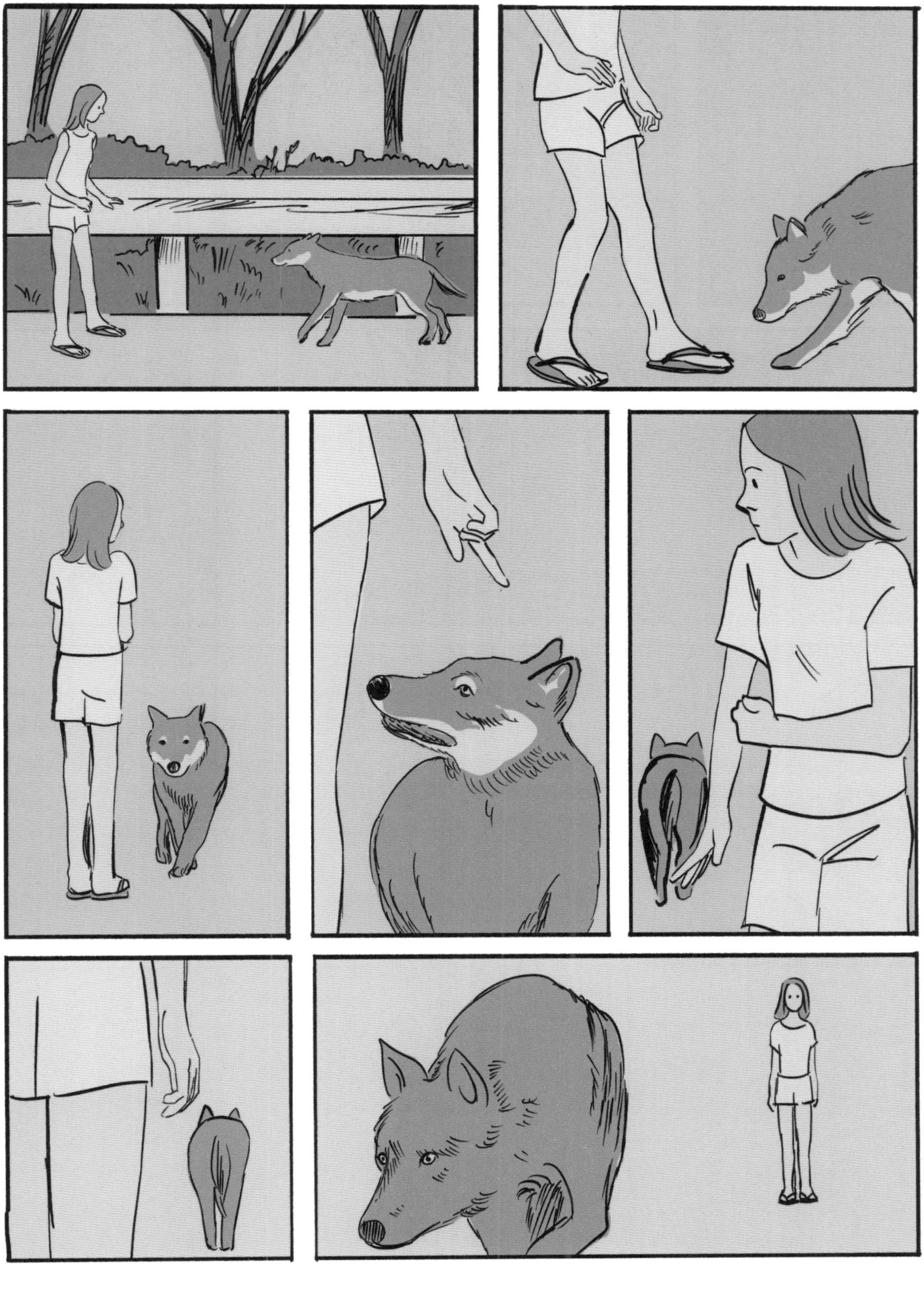

E adesso?

Museumsplan
CHE RAZZA DI POSTO È QUESTO?

DEV'ESSERCI QUALCUNO, QUI.
ROSSETTO.
E NON PUÒ ESSERE ANDATO VIA DA MOLTO.
EHI TU.

BUONA FINE!
DON.
DON.
DON.
DON.

E TU CHI SARESTI?
IO...
...CREDO DI ESSERMI PERSA.
Si chiamava Vogtsbauernhof. Un posto che in passato veniva visitato da trecentomila persone l'anno. Un museo all'aperto nel quale i turisti potevano lasciarsi alle spalle il logorio del loro mondo ipertecnologico, ipercinico e stressante per scoprire come si viveva nella Foresta Nera tra il XVI e il XVIII secolo. Era rimasta tutto come allora.
BENVENUTA A VOGTSBAUERNHOF.
MUSEO ALL'APERTO DELLA FORESTA NERA
VOGTSBAUERNHOF

Un luogo fuori dal tempo e dallo spazio.
ww.vogtsbauernhof.de

È PROPRIO BELLO QUI.
GIÀ.
DA DOVE ARRIVI?

ERO IN SVIZZERA.
LA TUA FAMIGLIA?
CI SARÒ SEMPRE.
TE LO PROMETTO.
NON C'È FRETTA. STASERA CENEREMO TUTTI INSIEME, COSÌ POTREMO CONOSCERCI MEGLIO.
Ogni racconto a cena finiva con le stesse due parole: BUONA FINE. Elizabeth era scappata con il bimbo piccolo dall'incendio di Vienna. Lei lo descriveva senza alcun allarme, la colpa era nostra, dell'uomo, dovevamo aspettarcelo.
Lucian produceva miele a Torun, in Polonia, ma le api dopo un po' erano sparite. Non se ne sentiva ronzare nemmeno una.

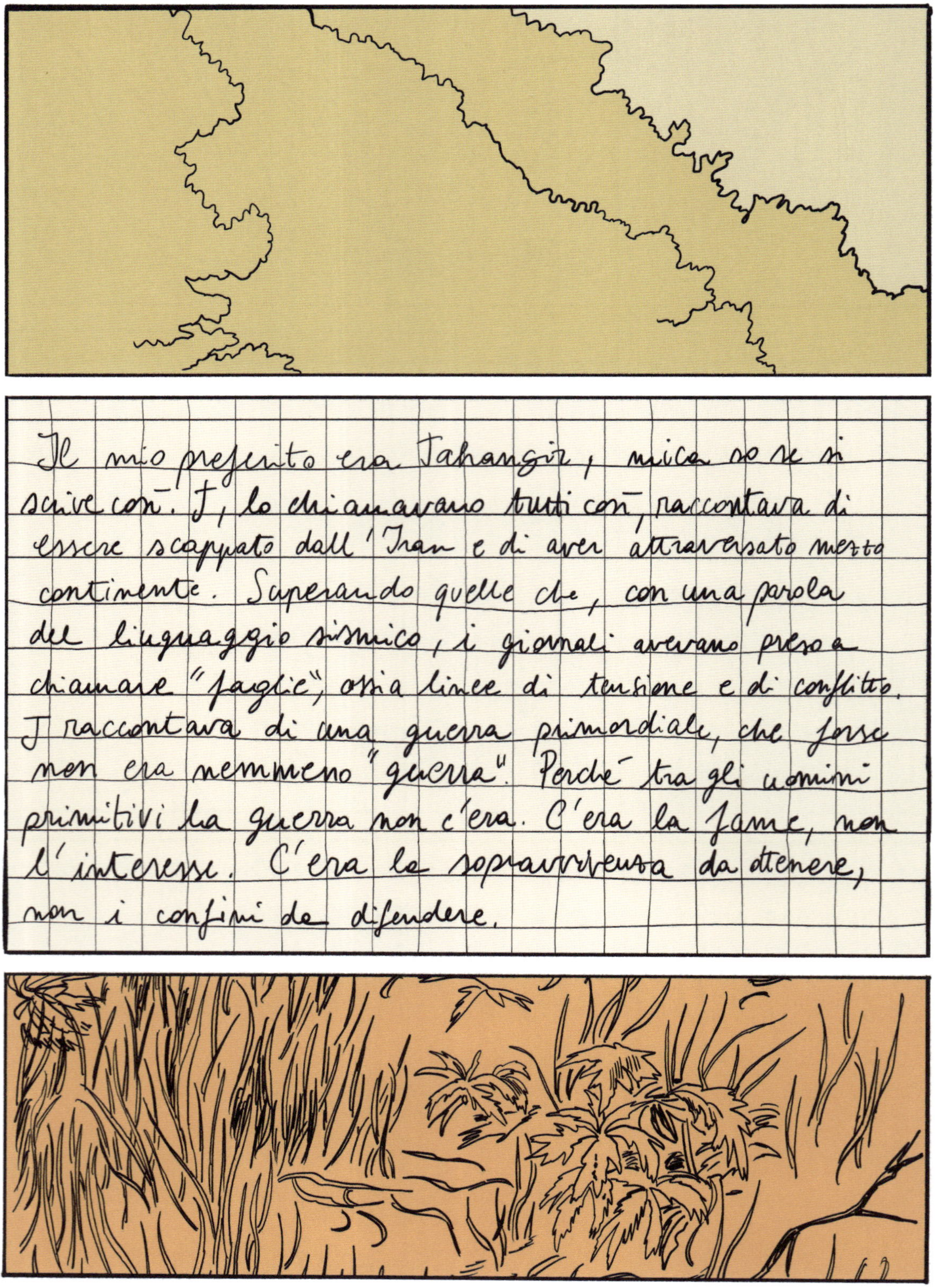
Il mio preferito era Jahangir, mica so se si scrive così. J, lo chiamavano tutti così, raccontava di essere scappato dall'Iran e di aver attraversato mezzo continente. Superando quelle che, con una parola del linguaggio sismico, i giornali avevano preso a chiamare "faglie", ossia linee di tensione e di conflitto. J raccontava di una guerra primordiale, che forse non era nemmeno "guerra". Perché tra gli uomini primitivi la guerra non c'era. C'era la fame, non l'interesse. C'era la sopravvivenza da ottenere, non i confini da difendere.

DIVIDIAMOCI, TROVEREMO PIÙ FUNGHI.

VEDI SOLO DI NON ALLONTANARTI TROPPO.
VA BENE.
QUI CE NE SONO UN BEL PO'.
AAAAA!

STELLA! VIENI SUBITO QUI!
CIAO!

COME TI CHIAMI?

ALLORA, COME STA?
NEANCHE SI SFORZA DI PARLARE.
CIAO.

VOLEVO RINGRAZIARVI.
DAVVERO.
IO SONO ABEL.

Non aveva nessuna intenzione di restare con noi.
Aspettava solo di recuperare le forze per rimettersi in viaggio.
Ogni giorno sbarrava una casella.
SARA.
BUONA FINE, ABEL!
GRAZIE.
RACCONTACI DI TE.
NON C'È MOLTO DA DIRE.
DEV'ESSERE SPUNTATO DAL NULLA... COME I FUNGHI DOPO LA PIOGGIA.

AH! AH! AH! AH!
SONO TUTTE BRAVE PERSONE. TI PUOI FIDARE.
LO SO, NON È QUESTO.
BUONANOTTE, SARA.
PARLI POCO, EH.
A DOMANI.

L'idea che ci fosse ancora qualcuno con una meta da raggiungere mi affascinava, volevo sapere dove, capire perché, ma lui non aveva alcuna intenzione di dirlo, né a me, né a nessun altro.

FIU...

CHE C'È?
DOBBIAMO PRENDERE DELLE LENZUOLA NUOVE.
POTEVA ESSERE UN DISASTRO.
STAI TRANQUILLA.

STANDO QUI CON TE MI SONO DIMENTICATA CHE LÀ FUORI C'È LA FINE DEL MONDO.
POSSO AIUTARTI?

PRESA!
AH! AH! AH!
MIA MAMMA ME LO FACEVA SEMPRE.
IO NON HO MAI GIOCATO CON I MIEI.
ECCO. ALLORA GIOCA CON ME!
PENSAVO DI STARTI ANTIPATICA!
MI PIACI MOLTO, INVECE.
DEVO CONFESSARTI UNA COSA, SARA.

IO NON POSSO STARE QUI ANCORA MOLTO. PRIMA DI INCONTRARTI STAVO ANDANDO A COLONIA.
HO DELLE COSE DA FARE, LÌ. RIPARTO TRA DUE GIORNI.
SAPEVO CHE PRIMA O POI SARESTI ANDATO VIA.
VIENI CON ME.
PER FAVORE.
NON LO SO, LASCIAMI RIFLETTERE.
PROMETTIMI CHE CI PENSERAI.

ABEL...
HO DECISO.
Rommerskirchen
Leverkusen
59
Pulheim
Bergisch Gladbach
57
Colonia
E31
Sindorf
559
1
Kerpen
Aeroporto di
Colonia-Bonn
61
Erftstadt
555
Spich
Troisdorf
560

ANDIAMO.

PIOVE TROPPO. ABEL, NON VEDO NULLA.
TE NE SEI ACCORTA ORA CHE IL TEMPO È IMPAZZITO?
DAI, FORZA.

Non so cosa mi piacesse di lui, non lo avevo scelto tra mille, eravamo rimasti insieme perché avevamo bisogno l'uno dell'altra. Probabilmente l'amore è un'altra cosa, ma cosa?

FERMIAMOCI QUI PER LA NOTTE.

Lungo il percorso, come per incanto, Abel diventò più loquace. Mi raccontò il viaggio incredibile attraverso il deserto per arrivare fino a qui. Io invece non gli dissi mai delle mie origini.

PANIC
IS HERE
STAY WITH PANIC

ABEL, ENTRIAMO A VEDERE.

É INCREDIBILE.
TUTTA QUESTA BELLEZZA SOLO PER NOI.
CONOSCO DELLE PERSONE CHE POSSONO AIUTARCI.
DOVE VAI?
DEVO ANDARE A CERCARLE.
VADO E TORNO.
POSSO VENIRE CON TE?
MEGLIO DI NO.

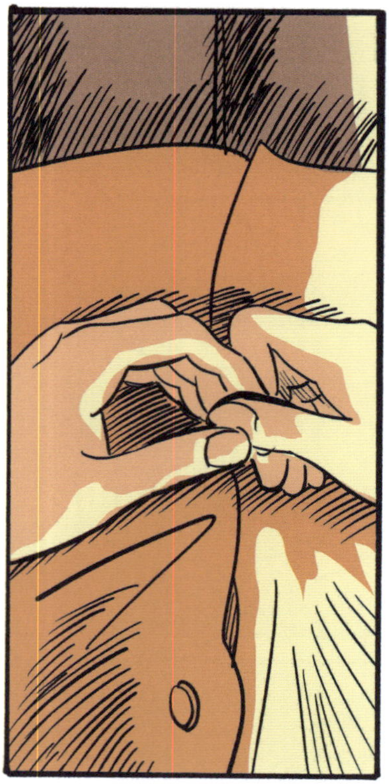

POSSO ASPETTARE.

La nostra destinazione era un piccolo appartamento nel distretto di Chorweiler, che era un posto qualunque. La periferia.
LA FAMIGLIA CHE VIVEVA QUI... LI CONOSCEVI?
NO. MA ORA CI SIAMO IO E TE, TI PIACE?
MOLTO.
GRAZIE.

man Ray
Opens October 25th 1966
LOS ANGELES COUNTY
MUSEUM OF ART

EMILIE

ERA LA STANZA DI UNA BAMBINA.
EMILIE.

William
Shakespeare
English / Deutsch
- Hamlet -
C'era elettricità per tre ore al giorno, acqua calda nemmeno a parlarne, ma faceva talmente caldo che non ne sentivamo il bisogno. Non avevo mai avuto una vita così piccola e semplice, e forse avevo sempre sbagliato.

DRRRRRRR
ABEL.
MPF.
CIAO, THOMAS.

ABEL NON C'È.
ASPETTERÒ.
VUOI DELL'ACQUA?
NO.
VEDO CHE HAI TROVATO DEL VINO.
GIÀ.

FESTEGGIAMO QUALCOSA?
POSALO, È PER ABEL.
TU NON BEVI?
NO.
IO SÌ. ABEL NON SE LA PRENDERÀ.

DEVI SCUSARMI.

STAI BENE?
THOMAS È DI LÀ.
LO SO, CI HO GIÀ PARLATO.
C'È UNA COSA CHE DEVO FARE PER LORO.
PARTO DOMANI.
ALL'IMPROVVISO? E DOVE ANDIAMO?
PARTO DA SOLO.

DOVE? QUANDO TORNI?
PERCHÉ?
NE PARLIAMO STASERA.
ADESSO RIPOSATI.

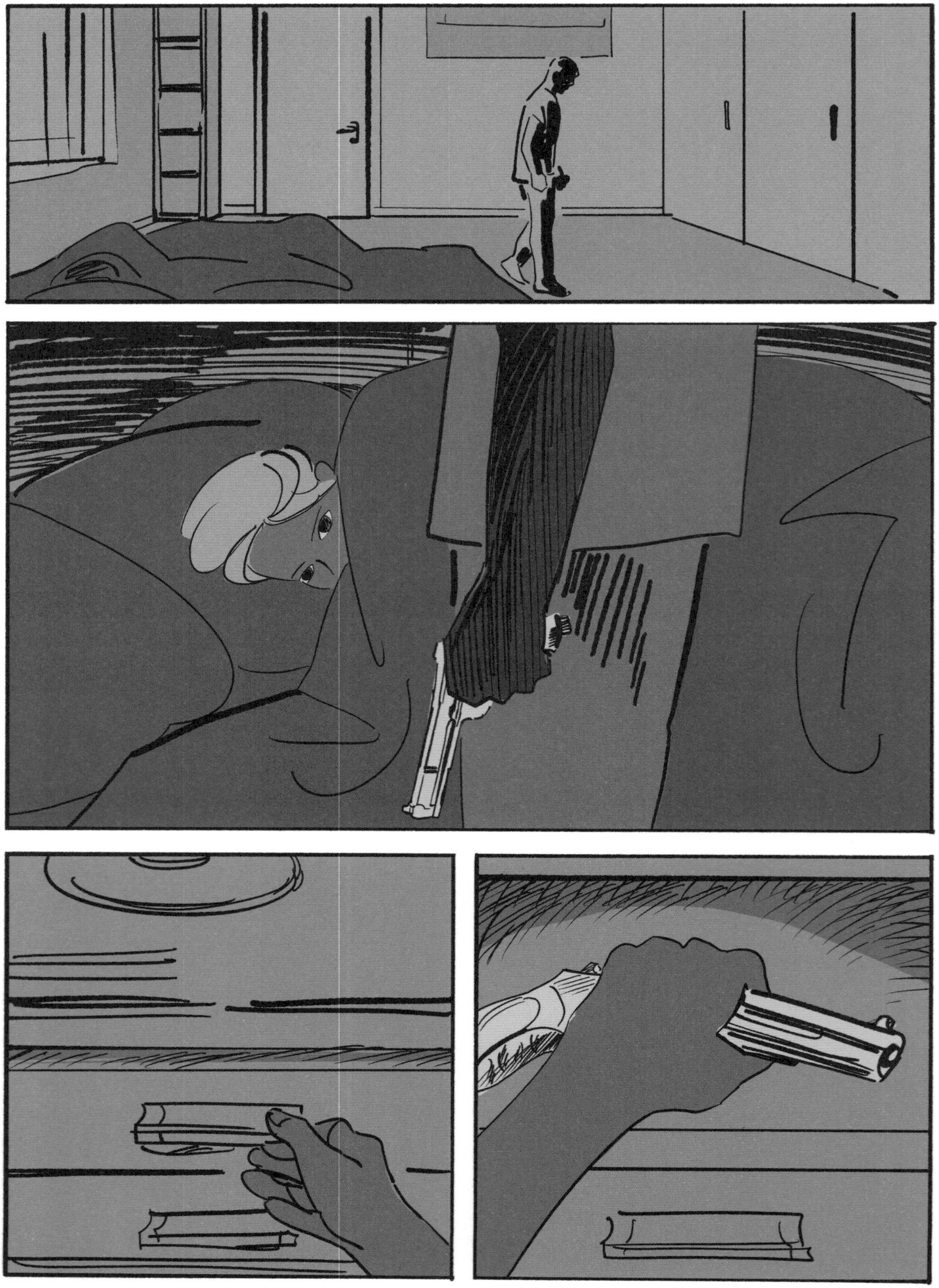

QUELLA...
...A CHE TI SERVE UNA PISTOLA?
POSSIAMO SMETTERLA CON LE DOMANDE?
A CHE TI SERVE?
C'È UNA NAVE CHE SALPA DA ANVERSA PER LA GROENLANDIA.
A BORDO CI SONO DUE UOMINI CHE NON DEVONO ARRIVARE A DESTINAZIONE.
NON HO CAPITO.

CHI CI HA RIDOTTI COSÌ NON MERITA DI VIVERE. NOI NON GLIELO PERMETTEREMO.
NOI CHI?
"PANIC".

INSOMMA, SIETE VOI A DECIDERE CHI DEVE MORIRE E CHI DEVE SOPRAVVIVERE?
MA VAFFANCULO!
QUANTI NE HAI UCCISI?
TUTTI QUELLI CHE HO POTUTO, SARA.
ANCHE IL PRIMO MINISTRO ITALIANO?
SEI STATO TU?
NO.

IO TI AMO, SARA.
SE SONO QUI ORA, LO DEVO SOLTANTO A TE.
QUANDO MI HAI TROVATO NEL BOSCO ERO PRATICAMENTE GIÀ MORTO.
PER ME HAI DECISO TU...
SE IL MONDO SOPRAVVIVERÀ, SARÀ GRAZIE A PERSONE COME TE.

ORA BASTA PIANGERE.

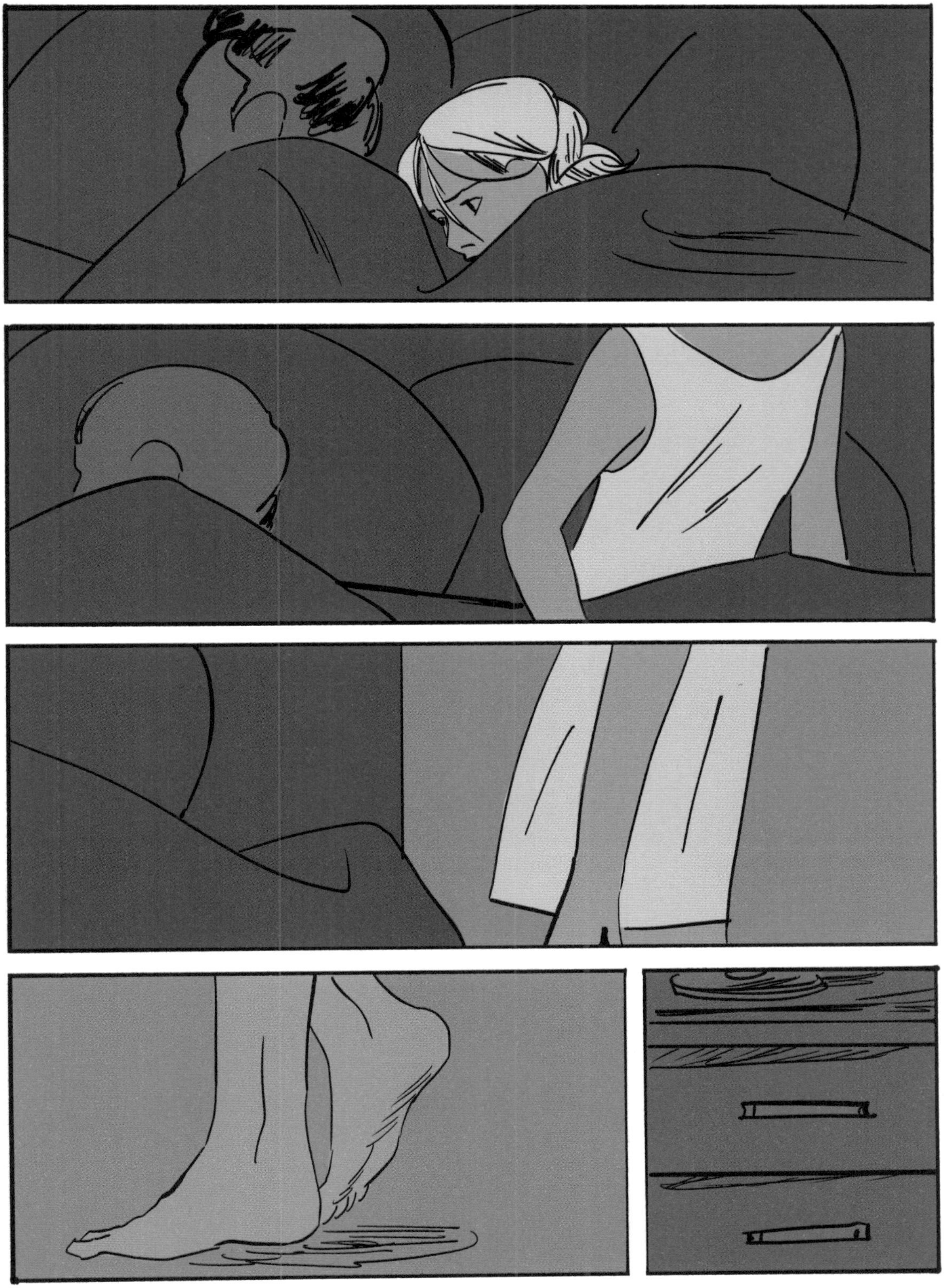

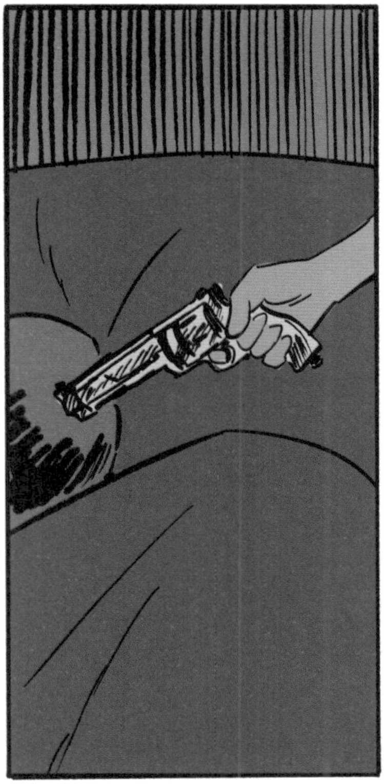

Il personale di macchina è ancora al lavoro per riparare il danno. Eravamo gli unici a poterci salvare e quindi non c'è nessuno in grado di salvare noi.
Un gruppo se n'è andato con una scialuppa, l'equipaggio li ha lasciati fare.
Otto bocche in meno da sfamare. Si moltiplicano le crisi di panico e le riunioni di piccoli gruppi per prendere decisioni.

SONO RIMASTE SOLO POCHE PAGINE... BASTERANNO.

IO STO ABBASTANZA BENE E CREDO DI POTER DIRE ALTRETTANTO DEL MIO PASSEGGERO.
QUESTA COSA DI METTERE TUTTO SULLA CARTA STA FUNZIONANDO.
ALMENO HO L'IMPRESSIONE DI ANDARE AVANTI, DI ESSERE ANCORA IN VIAGGIO.

Scusami, ti sto illudendo, chissà perché. So benissimo che siamo bloccati e che la situazione non si risolverà.
Ma mi piace pensare a una gestazione lunga.
Lasciarti nascere soltanto quando vedrò intorno a me qualche possibilità che ora non vedo.

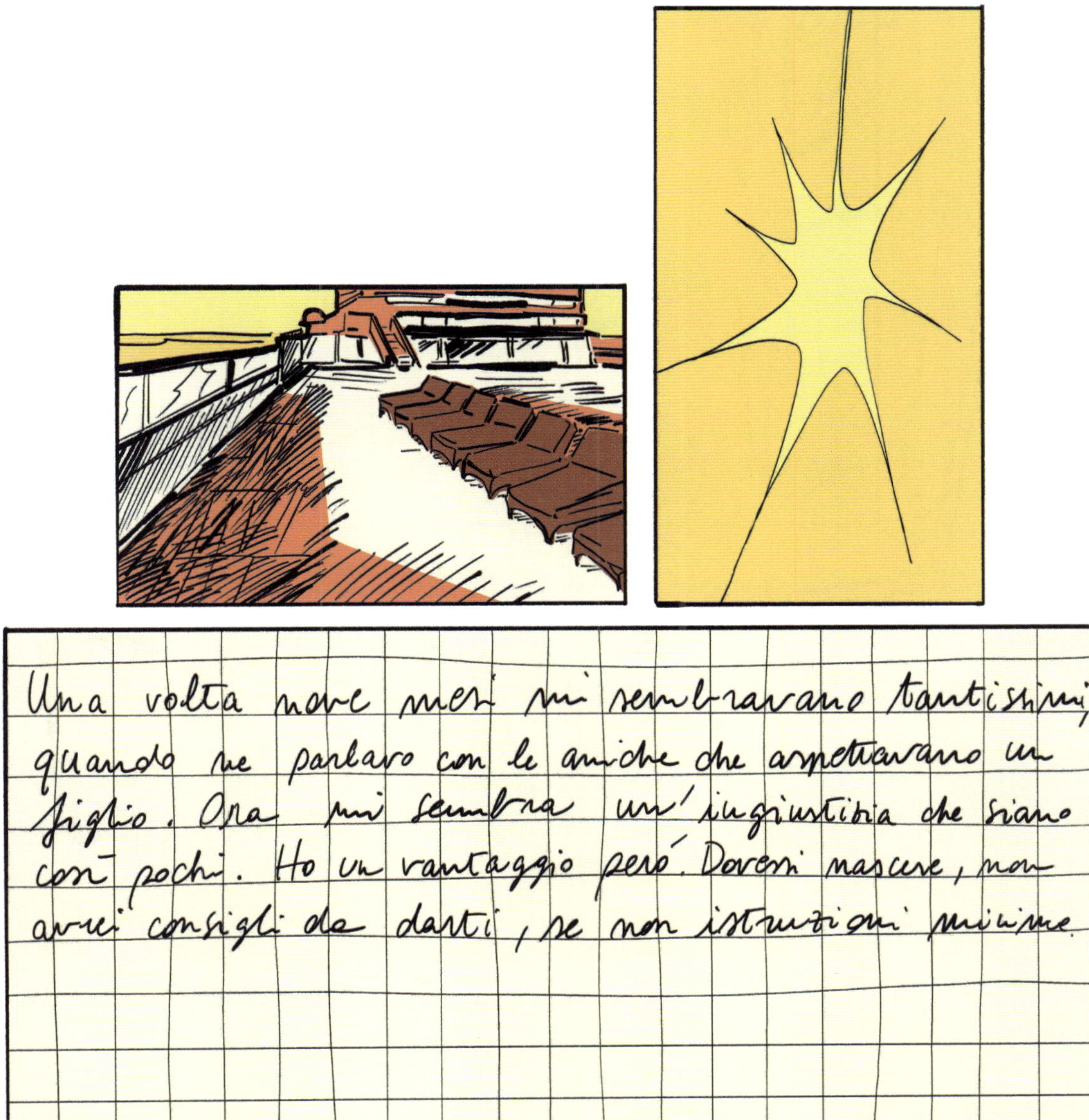
Una volta nove mesi mi sembravano tantissimi, quando ne parlavo con le amiche che aspettavano un figlio. Ora mi sembra un'ingiustizia che siano così pochi. Ho un vantaggio però. Dovessi nascere, non avrei consigli da darti, se non istruzioni minime.

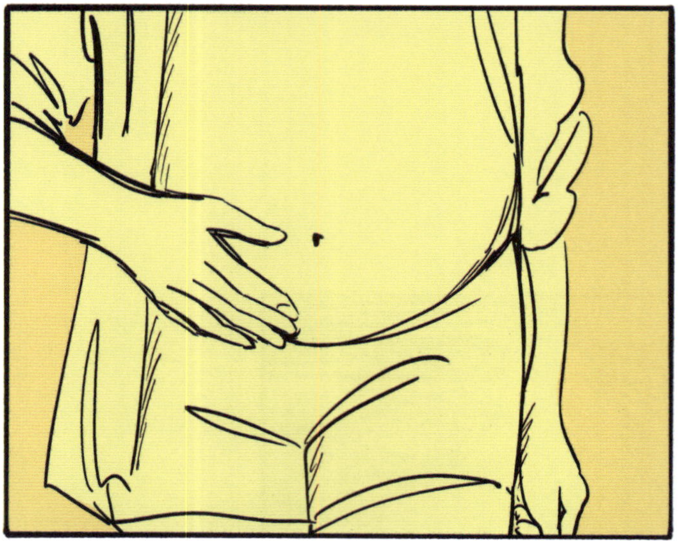

Tutto è caduto, non servono morali, non serve alcuna visione.

Basterebbe vivere.

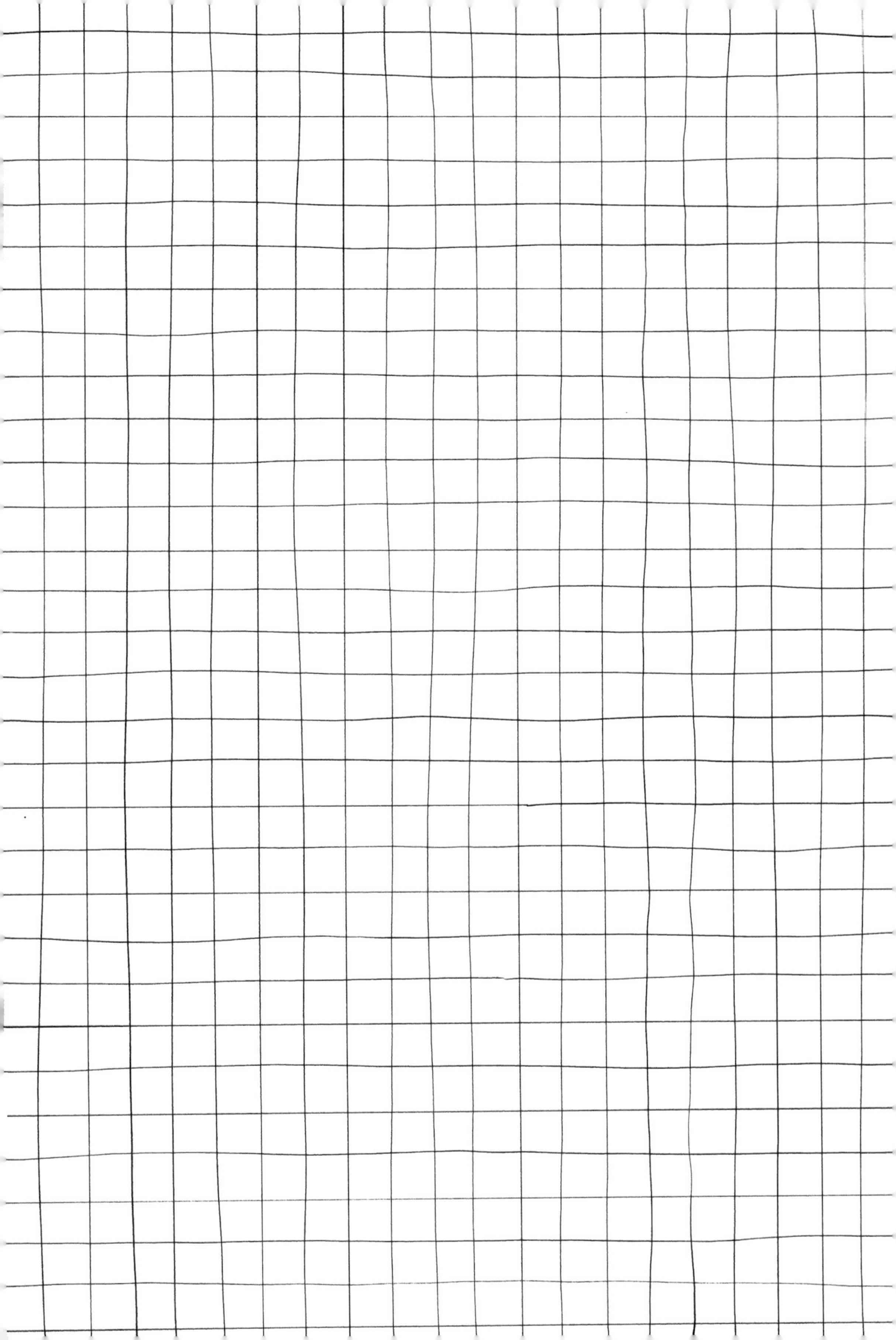

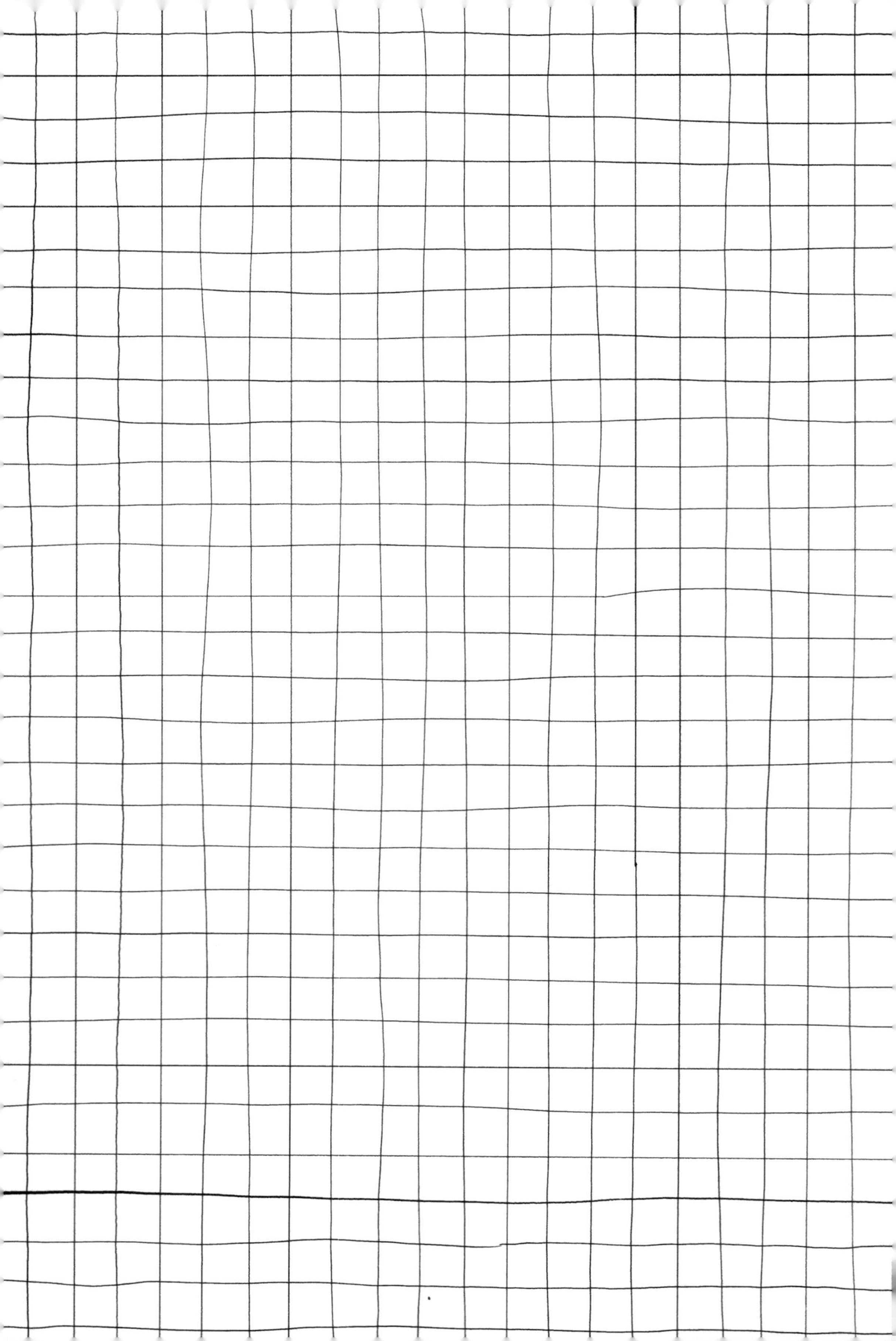

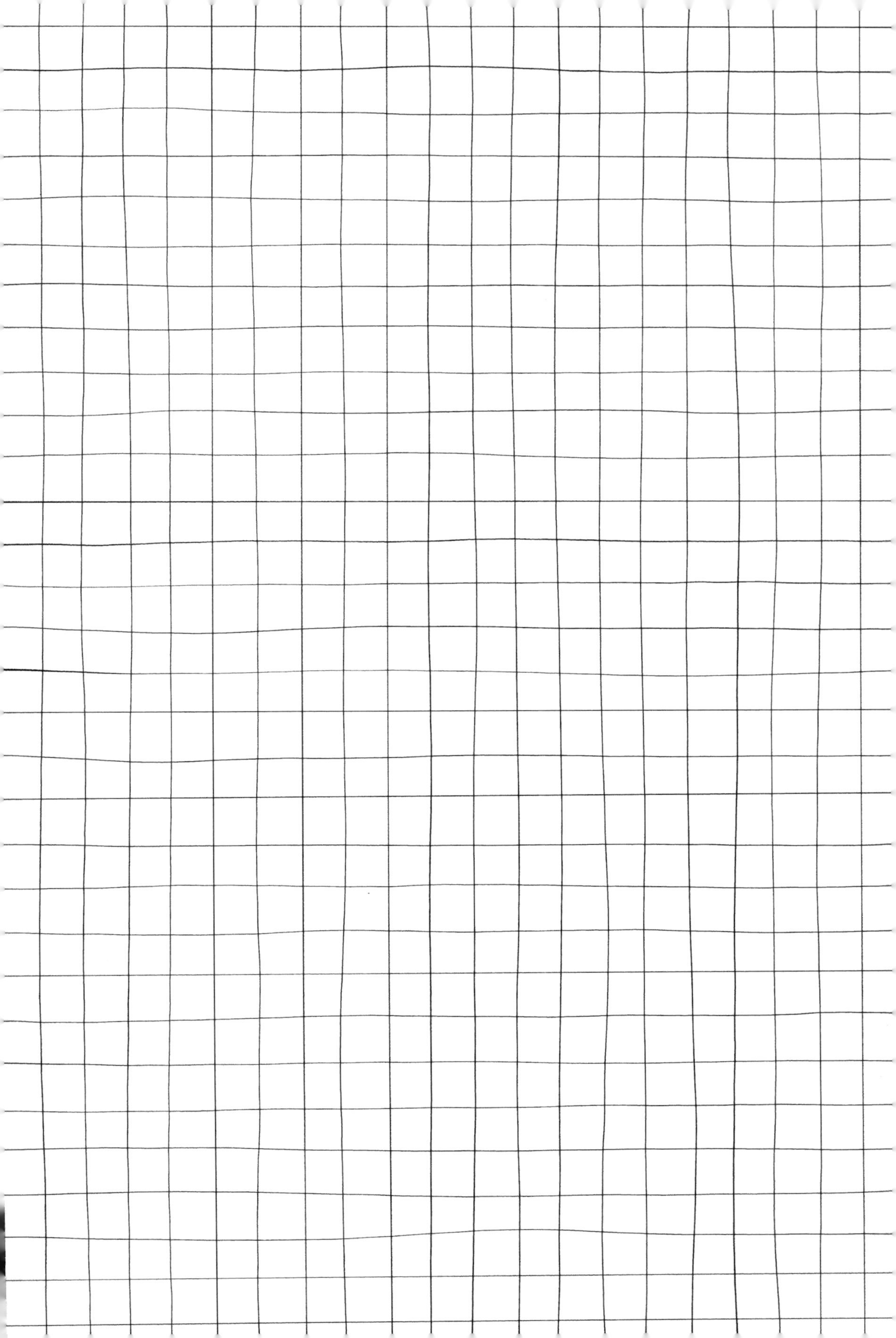

Un diario dal futuro

di Giuseppe Civati

Fine è un libro scritto al futuro per rendersi conto che è oggi che dobbiamo cambiare: così lo ha definito, presentandolo, Marco Tiberi. È un libro-catastrofe che serve a muovere non solo e non tanto alla speranza, ma all'azione. *Fine* prende ora la forma di romanzo grafico, grazie all'interpretazione di Isabella Tiveron che arricchisce, e di molto, la parola scritta.

La storia di *Fine*, che gli autori si augurano non sia la fine della storia, inizia a novembre 2018. Ne scrivo le prime pagine tutte d'un fiato. Eravamo ai primi "scioperi del venerdì", Greta iniziava a girare il mondo e di clima, in Italia, non parlava nessuno.
Ho subito pensato che ci volesse una mano capace di affrontare una sfida che andava al di là delle mie possibilità e ho chiesto aiuto a Marco Tiberi, di professione sceneggiatore. È stato un piacere vederlo lavorare e, se il libro ha qualità e pregio, come speriamo, è solo merito suo.
Insieme abbiamo lavorato per mesi, mesi in cui ci siamo sovrapposti, scambiati, alternati, scoprendo il piacere della scrittura a quattro mani e di un confronto intellettuale e letterario e cinematografico (e, sì, anche politico) mai banale, almeno per me.
Ecco, *Fine*. Un diario dal futuro, scritto su una nave in avaria, alla deriva, come il mondo che avrebbe dovuto attraversare. Le pagine parlano di negazione e di rimozione e, quindi, di un destino a cui stiamo andando incontro, velocissimi – *in fine velocior*, del resto. Senza cambiare mai. Anzi, negando il problema. Derubricandolo. Dileggiando in molti casi coloro che se ne occupano, additati come profeti di sventura. Come se chi dice la verità menasse gramo.
La protagonista è cattiva, pessima. E scoprirà suo malgrado, troppo tardi, che cosa significa essere esposti a un cambiamento che non sappiamo più governare, proprio per non averlo governato troppo a lungo.
Il tempo sta finendo. E non è qualcosa che riguardi il meteo soltanto, perché è in generale che le previsioni del tempo sono sempre più fosche. E cariche di tensioni e di conflitti: alcuni li conosciamo, altri li scopriremo presto. E non è quindi questione di termometro, ma di disuguaglianze e sproporzioni: una misura che si è persa.
Ritrovarla non è auspicabile, è necessario.

Permettetemi di dedicare questa evoluzione del nostro lavoro a Marco, alla sua memoria e al suo straordinario talento.

Isabella Tiveron, *Fine*
Progetto grafico e adattamento: Leonardo Guardigli, Andrea Canfora

Direttore editoriale: Giovanni Ferrara
Redazione: Luca Baldazzi, Sara D'Ippolito,
Oscar Glioti, Ratigher, Alessio Trabacchini
Art director: Leonardo Guardigli
Grafico: Andrea Canfora
Ufficio stampa: Luca Baldazzi
Marketing, fumetterie e social media manager: Jacopo Masini
Foreign rights: Alessandra Sternfeld per Am-Book
Acquisizione diritti esteri: Oscar Glioti
Direzione commerciale: Maria Grazia Zulli
Assistente commerciale e segreteria: Flaminia Ragni
Eventi e rapporti con le librerie: Sara Mastrodomenico
Amministrazione: Nicoletta Cicchinelli
Financial Controller: Filippo Giovannini
Distribuzione librerie: Messaggerie Libri
Distribuzione fumetterie: Manicomix Distribuzione
Promozione: Promocomix

Editori: Ilaria Bonaccorsi, Ivan Gardini, Domenico Procacci

Contatti:
ufficio.stampa@coconinopress.it
redazione@coconinopress.it
foreignrights@coconinopress.it

Coconino Press Srl
Viale Gorizia 19
00198 Roma

www.do-ku.it
www.coconinopress.it

Finito di stampare nel mese di ottobre 2025